문학/사상

대양적 전환

10

2024

KB214091

산지니

문학/사상 10
대양적 전환

초판 1쇄 발행 2024년 10월 30일

발행인 강수걸
편집인 구모룡
편집위원 김대성 김만석 김서라 정영선
편집고문 조갑상
편집장 이소영
펴낸곳 산지니
등록 2005년 2월 7일 제333-3370000251002005000001호
주소 부산시 해운대구 수영강변대로 140 BCC 626호
전화 051-504-7070 | 팩스 051-507-7543
홈페이지 www.sanzinibook.com
전자우편 sanzini@sanzinibook.com
블로그 http://sanzinibook.tistory.com

ISBN 979-11-6861-375-1 03800
ISSN 2765-7167

* 책값은 뒤표지에 있습니다.
* 파본은 구입처에서 교환해드립니다.
* 본지는 한국문화예술위원회 문학창작주체(문예지발간지원사업)에서
문예진흥기금을 지원받았습니다.
* 본지는 2024년 부산광역시, 부산문화재단 〈부산문화예술지원사업〉으로
지원을 받았습니다.

한국문화예술위원회   부산광역시 BUSAN METROPOLITAN CITY   부산문화재단 BUSAN CULTURAL FOUNDATION

차례

『문학/사상』 10호를 내며

문학과 사상을 한데 두고 사유하고자 시작한 일이 벌써 5년을 지났다. 창간호에서 우리는 문학과 사상의 관계적 힘이 매체의 계속성을 견인하리라고 생각하였다. 외부의 가공을 받거나 모호한 선취에 기대지 않고 구체적인 문학 현실에서 발원하는 인식과 방법을 찾고자 한 셈이다. 돌이켜 볼 때 이 일이 충실하게 잘 되었다고 스스로 자부하지는 않는다. 다만 중심이 아니라 주변에서 형성적인 서사의 기운이 뿜어 나온다는 사실을 거듭 확인한 일에 큰 의의를 부여한다. 팬데믹을 겪으면서 가중한 중심의 역장에서 벗어나는 일을 생각하였고 서구 중심으로 구성된 문학의 모더니티를 가로지르거나 이월하는 방법을 모색하고 있다.

중심과 주변의 관계를 사유하면서 '주변성의 이행을 위하여'(2호) 최진석, 정용택, 최유미 세 분의 생각을 듣고 공부하였다. 주변부성의 본질을 탐구하는 방법으로 가장 먼저 '오키나와, 주변성, 글쓰기'(3호)를 시도하였는데, 도미야마 이치로, 사키하마 사나, 곽형덕, 심정명 등과 만든 대화의 장이 주요한 전기가 되었다고 평가한다. 네 분의 수준 높은 오키나와론을 통하여 주변을 방법적으로 사유하면서 세계의 진실에 다가갈 수 있다는 사실을 다시 확인하였다. 이러한 과정은 제주를 핵심 장소로 논의하는 '귀신, 유령의 군도'(4호)에 도착할 수 있게 하였다. 김만석의 4·3 제주론, 김미혜의 자이니치론, 고영란의 김시종론으로 이어진 형세이다. 이로써 우리는 나름대로 이론과 방법의 근육을 키웠고 '로컬의 방법'(5호)을 출발로 삼아 '지정학과 문학'(6호), '기후위기'(7호), '트랜스로컬'(8호), '불가능한 말들'(9호)에 도달하였다. 시류를 좇지 않으면서 그렇다고 현실의 구체성을 이반하지 않는 행보를 꾸준하게 보여주었다. 특히 시와 소설을 함께 게재하고 가능한 텍스트를 매개로 해석하면서 방법을 모색하고 가치를 설명하였다.

그동안 우리는 주변부성을 구체적으로 탐구하면서 어느 정도 스케일 개념에 몰두한 편이다. 스케일은 지리학에 연관한 개념으로 이에 그치지 않음을 안다. 복잡계와 카오스 이론이나 프랙털과도 연관하고 인류학을 위시하여 인문학 전

반으로 확산하고 있는데 이를 함께 궁구하는 일이 과제이다. 이러한 사실을 염두에 두고서 이번 10호에 이르러 우리는 '대양적 전환'의 개념을 내세우게 되었다. 이는 육역 중심의 논의에 해역을 기입하려는 의도이다. 소위 근대세계가 대양적 전환의 산물이라는 점을 먼저 생각할 수 있고 이를 한국 혹은 부산이라는 로컬의 위치에서 다시 묻는 방식이다. 질문을 복잡하게 하면 답도 복잡하게 나올 수 있는 법인데 구모룡과 김만석이 이를 시도하였다. 한국문학과 대양의 관계는 여러 역사적 단계를 거쳐 해명될 수 있다. 여전히 해협과 연안을 벗어나지 못한 형국이지만 일제시대의 '남방'은 더 세심한 고찰을 요구한다. 대양적 경험 또한 1960년대 이래로 발흥한 해양문학에 집중되어 있어 자칫 대양적 전환의 논의가 해양문학론으로 귀환할 가능성이 적지 않다. 그러함에도 이번 호를 통하여 논의의 단초를 마련하고자 했다. 다소 중복과 동어반복이 있더라도 우리의 순진한 의도에 더 주목해 주기를 바란다. 또한 한국문학을 바라보는 시각이 다중화되는 데 보탬이 되기를 기대한다.

어떤 의미에서 우리는 위치적 비평을 지속해 왔다. 로컬을 두텁게 인식하고 책임 의식을 가지려는 태도와 무관하지 않다. 하지만 로컬리즘이 로컬을 수집하거나 부여잡고 나아가서 착취하는 등의 나르시시즘으로 추락하는 여러 사례를 보듯이 우리가 견결하게 '비판적 로컬주의'를 놓치지 않고 있음을 다시 강조한다. 또한 우리가 방법적으로 들고 있는 스케일 개념이 문학 텍스트를 해석하고 평가하는 제일의 준거가 아니라는 사실도 명확히 한다. 물론 스케일의 복잡성을 작가나 시인이 창작에 활용하면 새롭고 나은 작품을 생산할 기회가 많아지는 일은 분명한 사실이다. 허다한 세계적인 작가들이 주변성의 본질을 꿰뚫고 있다는 사실도 우리의 작업에 힘이 되고 있다. 이러한 맥락에서 우리 나름대로 특정하여 한국의 시인 작가들을 옹호한 예가 있다. 앞으로 이러한 일을 더 확대하려고 한다. 우리의 비평적 기여가 문학 생산으로 이어질 때 빛을 발한다고 믿는다.

이번 호부터 편집진에 약간의 개편이 있다. 먼저 편집 고문으로 원로 소설가인 조갑상 선생을 모셨다. 요산 김정한, 윤정규 등을 이어 부산을 대표하는 어른으로 작품은 물론 좋은 가르침을 주리라 기대한다. 편집위원으로 소설가 정영선과 평론가 김대성이 합류하였다. 정영선은 요산문학상과 동인문학상을 수상하는 등 그 작가적 역량을 한껏 발휘하고 있는 분이고 김대성은 '곳간'이라는 소집단을 통하여 로컬의 실천적 수행을 지속하면서 자기만의 특이성을 놓지 않는 글쓰기에 진심 전력하는 분이다. 새로운 진용으로 더 힘차게 나아가려고 한다. 더불어 신진비평가 공모가 진행되고 있는

만큼 우리의 뜻을 이해하는 역량 있는 신진의 등장을 학수
고대한다.

여름이 유난히 오래가는 통에 우리의 작업이 더딘 형편
이 없지 않았다. 한편으로 기후 위기를 절감하면서 다른 한
편으로 우리의 삶을 더 구체적으로 들여다보는 노력을 더욱
경주해야 한다는 다짐을 해본다. 가을과 함께 10호를 내면
서 많은 질정을 기대한다.

2024년 10월
편집인 구모룡

Σ 시

다리미의 생

김신용

    다리미는 몸속에 뜨거운 숯불을 담고 일생을 살아간다. 그 숯불로 자신을 달구어 세상살이의 온갖 구김살들을 편다. 몸속의 뜨거운 숯불이 자신의 살아 있는 삶의 징표인, 다리미. 만약 몸속의 숯불이 꺼지면 스스럼없이 마루 밑이나 구석진 곳의 적막 속으로 걸어 들어가 고요히 녹슬어 간다.

    마치 불이 아니라 불(佛)같은, 저 다리미의 숯불—.

    그 숯불을 담기 위해, 오늘도 제 몸은 닳아 가면서도 그의 눈은 빛난다.

꽃의 크레인

김신용

크레인을 보면, 무거운 돌의 무게도 가볍게 들어 올리는 쇠의 팔뚝을 보면, 마치 나비의 유전자를 가진 것 같다. 어떤 중력도 가볍게 파동치게 하는, 공기의 근육을 가진 것 같다.

그래, 오늘도 꿈을 짓누르고 있는 현실의 두께 같은 암반을 들어 올려, 아득한, 깊이 모를 바닥의 심연에서 거대한 삶의 이미지를 끌어 올리는

상상력의 눈빛을 닮은,

저 크레인을 보는 것은—.

김신용

1988년 시 전문 무크지 『현대시사상』으로 작품활동 시작. 시집 『버려진 사람들』
『개같은 날들의 기록』『환상통』『도장골 시편』 등. 천상병 시상. 노작문학상.

어린 시절의 나에게

김언

어린 시절의 나에게 아무것도 묻지 말자. 너는 무얼 하고 있느냐고. 어린 시절의 나에게 아무것도 주문하지 말자. 너는 무얼 하고 싶냐고. 그래, 이건 주문이 아니라 질문이다. 질문하면서 주문하는 버릇이 어느 순간 생겼다. 강의하면서 생겼다. 그러니 강의하지 말자. 어린 시절의 나에게 묻지도 따지지도 말고 그냥 보자고, 어린 시절의 나만 보자고 계속 주문한다. 나에게 주문한다. 나는 다 커서도 주문을 받는다. 주문을 듣고 주문을 새기고 주문에 따라 글을 작성한다. 주문에 따라 달라지는 글을 쓰고 발표도 하고 돈도 받는데 이번에는 어린 시절의 나에게 보내는 글을 주문받았다. 주문받아서 쓴다. 어린 시절의 나에게 뭐라고 해야 할까? 다 커서도 이렇게 주문이나 받고 있는 나에게 너는 뭐라고 해야 조언이 될까? 무슨 말을 해도 조언이 되지 않는다. 무슨 말

Σ 시

을 들어도 조언이 되지 않는 나에게 너는 한 번 더 조언하듯이 말한다. 걔는 원래부터 그런 애였어. 만족을 몰랐지.

나도 타인이다

김언

그래서 나는 조금 다른 사람이 되어도 좋을 것 같다. 그래서 조금 다른 사람이 되었다. 아주 다른 사람은 힘들다. 서로에게 죄가 된다. 각자에게 증오가 된다.

뿌리를 내렸다. 뽑아내려면 한참이나 걸린다고 말하는 것을 들어줄 필요도 없이 뽑힌다. 뿌리가 없는 자리에 뿌리가 있던 자리가 들어와서 얌전히 자고 있다.

언제 들어왔니? 나중에. 나중에 말해줄게. 지금은 자고 있으니까. 그 말이 충분히 납득이 가는 얼굴로 잔다. 잠이 부족하면 더 다른 사람이 되는가. 그래서 더 먼 사람이 되는가. 그래서 사람이 아닌가. 자고 있는 얼굴은 행복하니까 다른 사람이 된다. 불행하니까 다른 사람도 된다. 불안하니까 깼다. 연민도 깼다. 할 수 있는 일이란 건 모조리 남의 일.

나의 일은 잔다. 그래서 조금 다른 사람이 되어도 좋을 것 같다. 언제든지 일어나기를 바라는 심정으로 머리끝까지 이불을 덮어주었다. 눈은 감겼는지 모르겠다. 아마도 감았겠지. 냄새가 나지 않으니 아직은 첫날. 내일은 둘째 날. 모레는 조금 다른 사람이 되어도 좋을 것 같다. 아주 다른 사람이 되어도 할 말이 없다. 나중에는.

김언
1998년 『시와사상』 등단. 시집 『숨쉬는 무덤』 『거인』 『소설을 쓰자』 『모두가 움직인다』 『한 문장』 『너의 알다가도 모를 마음』 『백지에게』, 산문집 『누구나 가슴에 문장이 있다』, 독서산문집 『오래된 책 읽기』, 시론집 『시는 이별에 대해서 말하지 않는다』, 평론집 『폭력과 매력의 글쓰기를 넘어』 등 출간. 미당문학상, 박인환문학상, 김현문학패, 대산문학상 등 수상.

싱크홀

백무산

괴이한 일들이 일어나지 어이없는
사건들이 진상규명도 안 된다는 참사가
터지지 국민에 냉소적인
정부가 들어서면,

누구 탓도 아니거나 모두의 책임이라고 하지

자동차를 다 고쳤는데 볼트 몇 개가 남기도 하지
보일러 분해 청소를 마치고 다시 조립했는데
전선 하나가 덜렁거리기도 하지
단단한 땅을 파고 다시 메웠지만
한 무더기 흙이 남기도 하지
그 위를 아스콘으로 덮어버리지만

아무 일도 일어나지 않지 그 일을 잊을 때까지
다 잊은 뒤에 일이 터지지 싱크홀이

어디서 시작된 건지 모른다 하지
뒤집어지거나 침몰하거나 폭발하거나
어이없게도 누구도 실수하지 않았다는데
무고한 사람들이 죄 없는 사람들이
수습되지 않는 참사가 일어나지 그냥 그때 죽은
그 사람들이 그곳에서 놀다 방심했을 뿐이라고

세상일엔 이런 저런 구덩이가 생기기 마련이지만
그들은 그 구덩이를 냉소 같은 얼음으로 메우고
얼음 같은 냉소로 채우고 다지고
아픈 상처를 혐오로 덮어버리지
그 위에 아스콘으로 덮어버리지 그리고
아무 일도 일어나지 않지 아무 일도 일어나지 않지
겨울 동안은,

그들은 명백한 살인자들이지

우리가 질문하지 않는 것들

백무산

생각해 봐 생명에 목적이 있다면
뭐라 하겠어 목적이 어디 있냐고 하겠지만
굳이 그걸 물어본다면 말이야
굳이 물어보는 질문도 정당한 거니까

수많은 이야기들을 하겠지만 그 모든 목적은
한 방향만 생각하지 모두 행복 추구라고
그로 인해 일어난 뒷일들은 어찌 되었든

그런데 몸이 저 혼자 하는 일을 돌아볼 일이야
우리는 먹고 똥을 싸지 맛있고 몸에 필요한 걸 먹고
찌꺼기는 싸 버리지 그러는 동안 행복하겠지만

그런데 똥을 한 번 들여다보자고 자세히 말이야
자세히 보아 예쁜 건 꽃이 아니야 꽃은 자세히
안 봐도 예쁘지 자세히 보아 예쁜 건
꽃 아닌 다른 것일 거야 송충이나 지렁이
같은 것 말이야 그 가운데 똥은 어떻고

우리 몸은 맛있는 걸 좋아하지 그러나 어쩌면
우리가 시도 때도 없이 먹는 이유는
별 쓸모없는 것들은 자르고 씹어 위장에서 태워서
몸에 적당한 양분과 에너지로 사용하고
쓸모 있는 건 잘 갈고 버무리고 반죽하고 발효해서
말랑하고 촉촉하게 만들어서 똥을 낳지
다른 어린 것들을 먹이기 위해서

먹는 건 대체로 거칠고 처참하고 험한 것들이지
다지고 자르고 끓이고 요리하고 잘 씹어서 그렇지만
대체로 사나운 것들이지 똥은 얼마나 평화로운가

내 몸은 나와 함께 있는 동안에도
어떤 거대한 궤도를 따라 운행하지

판다곰이 종일 거친 대나무를 씹고

소가 마른 지푸라기를 되새김질해서 만든 똥을 봐
살아 있는 모든 것들이 똥을 만드는 일들은
한결같이 몸이 어떤 수행을 하고 있는 것 같지 않은가

아이들은 왜 똥 이야기만 나오면 깔깔대는지
아이들은 똥을 낳는다고 생각하는 건지
오븐이 케이크를 낳듯이 말이야
몸에서 피워 내는 걸 싸는 거라고 취급한 건
생각이 몸을 노예로 부리는 짓이지

우리가 생각한 그 만큼의 다른 몸이 숨어 있어서
우리가 질문하지 않고 회피해 버린 많은 것들은
질문하면 우리의 행복을 엉망으로 만들 거라고 불안해
하지

백무산
55년 경북 영천 생
84년 『민중시』를 통해 작품활동 시작
시집 『만국의 노동자여』 『이렇게 한심한 시절의 아침에』 등

고독한 건물-ㅁ상가

손음

그는 건너편의 덩치를 본다

안개 속에서 건물의 덩치가 어렴풋하다

덩치는 구부정한 등을 말아 서 있다

문을 열면 바로 좁은 도로와 맞닿은 건물은 굳게 닫혀
있다

덩치는 죽어 있는 동물일지도 모른다

덩치의 털은 바싹 마른 대걸레 같다

덩치는 털 이외에 아무것도 상상하지 못하겠다

덩치는 하루종일 미동도 없다

누구도 덩치에 대해서 말해주지 않는다

건물을 장식하던 콘크리트와 창문과 딱딱하게 굳은 피
부는

페인트 껍질처럼 떨어져나갔다

덩치는 균형을 잡느라 허리를 곧추세워본다

덩치는 누구인가

덩치는 자신을 질문하고 자신을 부정한다

발을 묶고 있는 자 누구인가

덩치는 하나의 의심이다

모든 것은 거짓이다

어제는 신호대 앞에서 오토바이 배달원 하나가 죽어나
갔다

건물의 돈가스 집 사장이었다

종일 화창한 햇빛이 몰려오고 가로수들 몸집은 무거워
졌다

덩치는 누구인가 덩치가 가진 육체가 한없이 무너진다

덩치는 혼자다 그래서 누군가를 사랑할 의무가 없다

사랑한 모든 이가 그늘 속에 남겨진 그를 잊었다

한때 희망에 차서 허위의 해안으로 출발한 적 있다

다가올 안개와 우유부단함의 미래에 관해서도

더 이상 자세한 소식을 듣지 못한다

덩치의 근육이 꿈틀거리지만 덩치의 이름은 그저 덩치일
뿐이다

덩치의 늙은 육체를 생각한다

임대, 월세, 매매가 나붙은 건물은

아무도 서 있지 않은 곳에 혼자 서 있다

고독한 건물-산책

손음

   어디로 가야 할까 걸음을 걱정하는 것은 낡은 운동화의 일이다 나무는 왼쪽으로 굽어져 있고 '유리주의' 글씨가 쓰여진 카페는 문을 닫은 지 오래다 가구며 의자며 접시며 그들의 행방은 알 수 없다 생각이 몰려들어 얼굴이 무겁다 속눈썹은 나머지 풍경을 자른다 바다를 떠올리면 우울감이 달아난다는데 모래는 모래이고 파도는 파도를 만드는 일에 집중할 뿐 무엇이든 아름답기만 하면 괜찮은 시절은 지난 것 같아. 어쩌나 허름한 빈집에서 고독한 낭독회라도 열어야 하나 그것 또한 무용한 일 소용 닿는 것은 무엇인가 평생 내 몸과 내 옷 사이의 공간에 끼여 사는 허무 같은 것. 풀밭에는 눈알 빠진 헝겊 인형의 치마가 버석거리고 나를 둘러싼 검은 풍경들 나뭇잎과 그림자와 벌레와 지금은 어린 승옥이 미정이가 돌아오는 계절, 나는 그들의 오랜된 집. 들어와, 문

열어놨어. 나는 집안을 가로질러 간다. 다시 일곱 살 아이가 되다니! 징그러워라, 지금부터 어떻게 다 살아내려고. 나는 캄캄한 꽃밭에 서서 대낮에도 등불을 들고 있구나. 이곳은 어디인가. 익숙하고도 낯선 시간이 굴러간다 죽은 이의 인광처럼 올망졸망 불두화가 피었네. 너는 꽃이 아니구나.

손음
1997년 『부산일보』 신춘문예와 월간 『현대시학』에 시가 당선되어 작품 활동을 시작했다. 시집 『누가 밤의 머릿결을 빗질하고 있나』 등

창문에게 희망을

엄원태

창문은 오늘도 말이 없었다

바라보노라면 창문은
반투명의 유리로 이뤄졌지만
한참 동안
그 너머를 가만히 내다보곤 하는 시선이 있음을 아는 눈
치다

남은 여름이
한낮의 열기를 조금씩 식혀갈 무렵
강을 건너가려는 마음이 거기에 있기 때문이다

장마철 부쩍 키가 자란 억새밭 그늘에서

저녁을 기다리는 어미 고라니의 웅크림처럼

거기에 있다

기다리는 것은
언젠가는
오게 돼 있지만

하루에 몇 번씩 주저앉는 마음

때론 기다림마저 잊어버려야 그건 오곤 하는 것이다

노을이 물들어서야
결국 오고야 만다는 것을

창문은 말없이,
다만 열중해서,

증명하고 있다

울음

엄원태

말매미 울음은 맹렬함을 넘어서는 지점이 있다. 존재라
는 한계를 한순간에 도약하려는 생의 의지가 거기엔 깃들어
있다. 우리는 대화를 멈추거나 하던 동작을 정지하고 폭염
속 작열하는 바깥을 내다보며 잠시 아득해진다.

울음은 우리의 감정을 일순 텅 비게 만든다.

매미의 땅속 꿈틀거림을 우리는 자주 잊곤 하는 것이다.
견고한 어둠에 지배당하는
지하 생활자의 오랜 노역을 깜박 놓치곤 하는 것이다.

공중에 거대한 유리창 같은 게 있어 투명한 막을 만든
다. 그것이 허공을 찌를 듯하던 그 울음소리를 되비춘다. 장

마 후 말갛게 씻긴 하늘은 새파랗게 그 너머에 있다. 마치 오래전부터 거기 있었다는 듯. 그 아래 흰 광목 자락이 드넓게 허공에 펼쳐진다. 그것들은 울음을 받아 안으며 펄럭인다. 가을 하늘의 무구하고 청명한 낌새가 이미 거기 깃든 것이다.

엄원태

1990년 계간 『문학과사회』로 등단.
시집 『침엽수림에서』, 『소읍에 대한 보고』, 『물방울 무덤』, 『먼 우레처럼 다시 올 것이다』를 냈다.

Ⅱ 비판-비평

대양적 전환과 한국문학

구모룡

1. 스케일과 서사

이 글은 대양적 전환(oceanic turn)이라는 맥락으로 한국문학을 새롭게 보려는 시도이다. 이는 기왕에 전개한 한국 해양문학 발생론에서 나아가 한국문학이 대양과 접속하는 일반적인 과정을 고찰하려는 의도를 지닌다. 물론 이러한 논의에서 대양을 무대로 한 해양문학이 주요 장르가 되는 현상은 피할 수 없으나 가능한 해양문학에 관한 논급은 저간의 일로 미루어 피하고자 한다. 따라서 지리학의 스케일과 대양적 전환이라는 두 개념이 한국문학의 현상 속에서 만나고 있는 양상을 개괄하는 일을 목표로 한다. 주지하듯이 대양적 전환은 칼 슈미트의 개념이다. 그는 인류가 하천에서 연안으로 나와 대양으로 나아간 세계 역사의 과정을 설명하고 있다. 서구인들은 확실히 바다와 대양을 구분한다. 바다(sea)는 뭍(land)에 대응하는 말이며 이는 육지 속의 바다인 강과 연안(coast)과 대양을 아우른다. 에른스트 카프의 『비교 보편 지리학』에 기댄 칼 슈미트의 구분에 따르면 지중해는 연안 시기의 역사에 속한다. 인도양으로의 항해와 대서양의 발견과 태평양으로의 확장이 이어지면서 대양의 역사가 펼쳐졌다.[1]

대체로 서구 근대(modern) 문학은 이와 같은 대양 역사와 맞물려 발달하였다. 이는 사실주의의 발흥에 상응하며 네덜란드의 장르화에서 시작한 경향의 발전이다. 츠베탕 토도로프는 일상을 사실적으로 그려내려는 사실주의를 주목한 바 있다. 개인주의와 사실주의는 서로 연관된다. 사실을 그대로 묘사하려는 데 개인의 동기와 의지가 중요하다. "사실주의적인 화법으로 사실적인 인물과 사물을 재현하는"[2] 양식을 형성하였고 사실주의가 알레고리를 압도한다. 실제 사실주의가 주류가 되는 시대인 19세기에도 이 용어가 지칭하는 대상은 본래 17세기 네덜란드 회화였다. 이는 이언 와트가 소설의 발생을 사실주의와 결부한 일과 대응한다.[3] 새로운 사실에 대한 지각과 경험을 재현하려는 욕망은 다니엘 디포에게 『로빈슨 크루소』를 쓰게 하였다. 이미 알고 있는

---

1   칼 슈미트, 김남시 역, 『땅과 바다』(꾸리에, 2016), 27쪽.
2   츠베탕 토도로프, 이은진 역, 『일상 예찬』(뿌리와이파리, 2003), 54쪽.
3   이언 와트, 강유나 외 역, 『소설의 발생』(강, 2009), 92쪽.

이야기를 반복하는 비극과 서사시가 아닌 새로운 양식인 소설이 태동하는 지점이다. 18세기 소설은 16세기부터 진행된 대양적 전환과 해양경제(maritime economy), 칼 슈미트가 말한 역동적인 해양 발흥의 시대가 유발한 문화적 변화에 상응하는 사실주의적 재현의 소산이다. 지속적인 도덕적 규범에 따르는 삶이 아니라 변칙과 부수적 사건에 적응하며 새로운 가치와 목표를 지향하는 삶이 대두한다.[4]

　지리학의 스케일 개념이 문학 연구에 들어온 데는 '문화적 전회'라는 큰 흐름이 요인이다. 위치(location)에서 로컬, 국가(nation), 지역(region), 세계(global)로 펼쳐지며 중층 결정하는 현실을 반영하는 문학을 읽는 일에도 유익한 일로 여겨진다. 하지만 스케일의 변화를 문학을 평가하는 기준으로 볼 수는 없다. 한 장소에서 발원하는 훌륭한 소설도 허다하다. 제임스 조이스의 더블린, 가와바타 야스나리의 니가타, 페소아의 리스본, 모옌의 산둥은 충실하게 로컬리티를 발현하며 동심원을 그려낸다. 문제는 이들 작가가 장소를 사유하는 방법이다. 조이스의 주인공인 스티븐 디덜러스는 나름의 공간 지리를 그리고 페소아는 리스본을 떠나지 않으나 끊임없이 상상력을 펼친다. 모옌 또한 진정한 고향의 의미

4　　Ulrich Kinzel, "Orietation as a Paradigm of Maritime Mdernity", *Fictions of the Sea*, B. Klein ed., Ashgate, 2002, p. 28.

를 세계 속에서 인식하려고 한다. 레이먼드 윌리엄스조차 말년에 웨일스성(Welshness) 탐구에 몰입하였듯이 '장소의 혼'에 훈습한 문학의 가능성은 최근 한국문학에서도 동학에서 비롯한 문학 논의가 자못 활발한 편이다. 이는 한편으로 모더니티에서 포스트모더니티로 향하는 경로로부터 이탈하여 '트랜스 모더니티'[5]라는 새로운 방향을 설정하려는 입장과도 연결되며 중심 혹은 전체성에서 벗어나 부분을 새롭게 인식하는 방법을 숙고하고 중심과 전체로 회수되지 않는 부분 그 자체를 만들어내려는 의지[6]와도 연관한다. 이러한 입장을 전제하면서 스케일에 강과 연안과 대양을 결부하면 강은 로컬에, 연안은 국가와 지역에, 대양은 글로벌에, 상응할 수 있다. 물론 기계적으로 배치할 문제는 아니므로 중첩 과정을 세심하게 살펴야 한다.

2. 해협과 아시아 지중해

한국 근대 문학은 1945년 해방을 맞기까지 대양적 전환을 이룰 수 없었으며 그 이후에 한국전쟁을 경유하고 근대화를 진행하면서 그 가능성을 보여주었다. 제국의 바다에 갇

---

5 엔리케 두셀, 「해방철학의 관점에서 본 트랜스모더니티와 상호문화성」, 『오르비스 테르티우스』(우석균 엮음, 그린비, 2021), 93-94쪽.
6 메릴린 스트래선, 차은정 역, 『부분적인 연결들』(오월의봄, 2019), 참조.

힌 상황에서 부산과 시모노세키를 잇는 해협을 넘기 어려웠다. 이러한 사정은 염상섭의 「만세전」에서 최인훈의 『광장』을 거쳐 이병주의 『관부연락선』에 이르기까지 지속하였다. 해협에서 나아가 (동)아시아 지중해로 나아갔으나 대양적 경험으로 발전하지 못한 셈이다. 물론 근대에 대양을 강조한 이가 없었던 것은 아니다. 대양을 인식하고 그 중요성을 전파하려 한 이는 육당 최남선이다. 일본 유학에서 돌아와《소년》을 창간하고 「해상대한사」를 연재하는데 '육상적 유전성'의 극복을 내세우면서 '해사(海事, maritime) 사상'과 '해상모험심'을 강조한다.[7] 『로빈슨 크루소』를 중역하여《소년》에 실은 이도 그다.

확실히 근대 해양에 대한 지정학적 인식은 육당 최남선에서 비롯하였다. 그런데 식민지 시기와 해방 이후에 이르기까지 우리의 해양 인식은 육당의 틀에서 벗어나지 못했다고 해도 과언이 아니다. 육당은 일찍이 일본 유학을 통하여 서구의 바다를 배우고 바다 표상을 통하여 국가-제국의 의미를 깨우친다. 하지만 그가 그려내고자 한 문명의 바다가 식민지 현실에서 억압되면서 그는 문화의 산으로 전환하고 만다. 그리고 해방과 더불어 해군이 발간한 『한국해양사』의 「서문」으로 다시 문명의 바다를 웅변한다. 이처럼 육당이 거

---

7   최남선, 『최남선 한국학 총서 20 한국영토사론』(경인문화사, 2013).

친 세 단계는 대체로 그를 이은 모더니스트 시인의 경우에서
도 일치한다. 가령 정지용의 경우 "바다에서 산으로 다시 바
다로"라는 경로를 보인다. 육당이 1904년과 1906년 두 차
례 유학하면서 가장 관심을 기울인 분야는 지리와 역사였
다. 당시의 시대 정세로 볼 때 그의 선구자적인 면모가 드러
나는 대목인데 그가 국토를 균질화된 공간으로 표상하고 있
을 뿐 아니라 이를 영토 밖의 바다와 연관시키고 있음이 주
목된다. 그는 한반도를 해륙문화의 기원, 전파, 집성체로 바
라보면서 바다 너머 문명 세계를 향한 지향을 나타낸다. 그
의 시 「해에게서 소년에게」는 바다가 근대 세계의 표상일 뿐
만 아니라 새로운 주체 형성을 예고하는 매개가 되고 있다.
이 시에서 육당이 그려내고 있는 바다는 연안에 사는 어부의
그것과 분명 다르다. 어부에게 바다는 대상화된 풍경이 아니
다. 그러나 육당의 경우 바다는 해협을 건너 일본에서 경험
한 근대 세계로 가는 표상 공간과 다를 바 없다. 가령 육당
의 「가난 배」는 "자유대양"으로 표상되는 근대 세계 혹은 '태
평양'을 향한 열망이 느껴진다.

　일본 제국의 바다에 포위된 조선의 문인과 지식인에게
대양의 전망은 차단된다. 미국과 유럽으로 망명하지 않는
한, 겨우 식민지 종주국인 일본을 마주한 해협이 문학의 무
대일 수밖에 없다. 따라서 부산과 시모노세키를 왕래하는
관부연락선이 주된 매개가 되고 항해의 경험이 된다. 다시

칼 슈미트의 범주를 가져오면 아시아 지중해의 일부 연안을 벗어나지 못한다. 먼저 염상섭의 「만세전」을 들 수 있는데 관부연락선 선상의 이야기를 사실적으로 서술하고 있다. 「만세전」은 1919년 3·1운동 이전의 상황을 그리는데 관부연락선의 승객과 물동량이 놀랍게 증대하고 특히 조선인 승객수가 갈수록 늘어나는 시기이다. 합방과 함께 내무성 치안 당국은 「요시찰 조선인 사찰내규」를 만들어 도항 조선인에 대한 감시와 단속을 전개하였다. 1917년에 이르면 조선인 도항자는 하루에 100명에 가까웠다고 한다. 총독부가 「조선인 여행 단속에 관한 건」을 발령한 것은 3·1운동 직후인 1919년 4월이다. 그러니까 「만세전」은 조선인 노동자 등이 일본으로 이주하는 수가 날로 증대하는 한편 1차 대전의 여파로 제국 개조의 바람이 불던 시기를 배경으로 한다. 이 시기의 관부연락선은 고마마루(高麗丸)와 시라기마루(新羅丸)이다.

「만세전」에서 유학생인 이인화가 도쿄에서 시모노세키에 이르는 과정은 매우 순탄하다. 그러나 연락선이라는 경계 영역에 이르러 감시의 시선을 피할 수 없어서 정체성을 강요받게 된다. 「만세전」이 보여주는 관부연락선의 크로노토프는 이병주의 『관부연락선』에서 다시 변주하고 있는데 둘은 비교의 대상이다. 주인공 이인화는 유학생으로 동경에서 종족적 차별이 지각되지 않는 형편의 생활을 한다. 그러나 제국의 도시에서 식민지 모국으로 향하는 길목에서 감시와 검속을 경험하게 된다. 동경에서 기차를 타고(1장), 고베에 이르고(2장) 고베에서 시모노세키로 가서 관부연락선을 탄다(3장). 이어 관부연락선에서 여러 가지 일을 겪으면서(4장) 부산에 당도한다(5장). 부산을 떠나 김천을 거쳐 서울에 도착하여(6장) 집으로 간다(7장). 그리고 서울에 머물다 다시 일본으로 돌아간다(8, 9장). 여기서 우리의 관심을 좇아 눈여겨볼 대목이 3, 4, 5장이다. 원점회귀 여로의 서술이라는 서사학적 규정은 매우 추상적이다. 점과 선이 아니라 여러 겹 겹친 주름으로 이 소설의 공간을 이해할 필요가 있다. 특히 4장에서 식민자와 피식민자의 복잡한 관계가 매우 구체적으로 서술된다. 단순한 지배의 관계가 아니라 여러 형태의 비대칭성이 교차하는 가운데 정작 제국과 식민의 현실을 가장 잘 보여주는 공간으로 선박이 활용되고 있다. 이동 공간과 정체성의 문제, 선박 내부의 혼종성, 식민자와 피식민자 간의 비대칭적인 대화 등을 고려할 때 관부연락선이야말로 "움직이는 발화"로 이해할 수 있다. 도쿄와 고베에서 두 여성과의 관계를 중심으로 전개되던 일상의 흐름은 시모노세키에서 승선 전에 행해지는 검문에 의하여 훼손되기 시작한다. 연락선은 철도의 연장이므로 시간에 맞춰 승선하면 되지만 대합실에서 기다리는 과정에서 '인버네스'를 입은 형사에 의한 불심검문이 시도된다. 제국의 국가기구에 의한 호명에 이인화는 이를 회피하려 한다. 그를 피하여 관부연락선의 목욕탕으로 직행하는데 가능하면 조선인이라는 그의 정체를 숨기고 싶은 의도를 품는다. 그런데 목욕탕에서 만난 사람들과 오가는 대화는 접촉지대(contact zone)의 여러 국면을 잘 드러낸다. 이곳에서 이인화는 일본인들의 대화를 들으면서 이들이 식민지 조선을 바라보는 시각을 알게 된다.

"대만의 생번"에 빗대거나 조선인을 "요보"라 지칭하는 것은 지시적이고 상징적인 기호를 통하여 피식민자를 규정하는 방식이다. 이는 조선인 노동자를 "조선 쿨리"라고 하는 데서도 확인된다. 주인공 이인화는 관부연락선의 목욕탕에서 일본인들이 조선과 조선인을 어떻게 인식하고 있는지를 경험한다. 그는 이러한 경험을 통하여 다소 복잡하고 양가적인 감정 상태에 이른다. 여기서 발생하는 분노의 정동은 제국을 향한 것과 "민족적 타락"에 대한 것으로 겹쳐진다. 「만세전」에서 선박의 크로노토프는 그동안 주목받지 못했다. 실제 접촉지대인 시모노세키와 부산의 경험보다 관부연락선의 경험이 주인공의 의식에 충격하는 바가 크다. 부산을 "식민지의 축도"라고 한 것 이상으로 "관부연락선"은 제국과 식민의 축도인 셈이다. 여기서 그는 "그것이 과연 사실일까 하는 의심이 날 만큼 나의 귀가 번쩍하리만큼 조선의 현실을 몰랐다"라는 자각을 한다. 그리고 자신의 "낭만주의"를 부끄러워하고 구체적인 현실에 직면한다. 조선인 사복 하급 순사에 이끌려가서 서류 뭉치를 압수당하고 겨우 다시 승선하는 과정에서 깊은 비애를 느낀다. 일어를 사용하지만, 그 어조에서 조선인이라는 정체가 드러나는 이중언어의 공간에서 조선인 순사와 이인화는 "일본 사람 앞에서 희극을 연작하는 앵무새 모양"을 한다. 비대칭적인 시선과 언어적 혼종성이 겹치는 대목이다. 당시의 현실을 구체적이고 전형적인 한 국면을 통해 재현하고 있다.

이인화가 동경에서 관부연락선을 타고 부산으로 온 때는 "조선에 만세가 일어나던 전해 겨울"이었으니 1918년 겨울이다. 이해 시모노세키에서 부산으로 오는 연락선의 승객 총수는 177,053명이고 이 가운데 조선인은 9,305명으로 기록되어 있다. 절대다수가 일본인 도항자라고 하겠다. 운항 회수가 1,613회이고 부산에서 시모노세키로 가는 승객을 다 합한 총수가 366,725명인 것을 감안하면 200여 명 남짓한 승객 가운데 조선인이 10여 명에 불과함을 알 수 있다. 이러한 사정으로 볼 때 조선인으로 의심되는 사람에 대한 검문이 용이했을 터이다. 또한 조선인 하급 순사를 배치한 것을 보면 식민지 경계에서 진행된 감시는 철저한 것으로 보인다. 이인화의 선상 경험은 매우 복합적이다. 목욕탕에서 제국 상인의 시각을 통해 조선의 현실을 절감하였다면 삼등실의 일본 하층민들은 인종을 넘어선 계급의 연대라는 사회주의적 관점을 회의하게 만든다. 「만세전」에서 이 지점이 대단히 중요하다. 첫머리에서 제시된 "세계 개조"에 대한 주인공의 입장이 관부연락선 선상의 경험을 경과하면서 어느 정도 정리되고 있기 때문이다. "나는 그들을 볼 제 누구에게든지 극단으로 경원주의를 표하고 근접을 안 하려고 하지만, 그것은 나 자신보다는 몇 층 우월하다는 일본 사람이라는 의식으로만이 아니다. 단순한 노동자라거나 무산자라고만 생각할 때에도 잇살을 어우르기가 싫다"라고 함으로써 민족 심급의 우위성을 확인한다. 부산에서 다시 일본 순사와 조선인 순사보와 헌병 보조원들에 의한 검문을 겪은 이인화는 기차가 출발하기까지 남은 시간 동안 식민지의 축도인 부산을 거닌다. 공간을 통하여 재차 자기를 인식하려는 의도의 발현이다. 이인화가 부산을 통하여 "조선의 현실"을 거듭 인식하려한 데는 관부연락선의 경험이 계기가 된다. 관부연락선을 통하여 그는 구체적이고 절실한 현실 인식에 이른다. 이는 식민지 지식인이라는 그의 존재론적 위치와 식민지 경계 혹은 접촉지대의 비대칭적인 문화교섭에서 비롯한다.

최인훈의 『광장』은 대양을 향하던 주인공이 남중국해에 투신함으로써 아시아 지중해를 넘지 못한다. 이는 재미작가 폴 윤의 『스노우 헌터스』[8]가 전쟁 포로인 주인공이 제3 국인 브라질에 안착하는 과정에서 대양적 경험을 보여주는 사

---

8   폴 윤, 황은덕 역, 『스노우 헌터스』(산지니, 2024).

실과 비견된다. 김은국이 미국으로 간 해는 1955년 4월이며 부산항에서 화물선을 타고 태평양을 항해하였는데 김은국을 이은 폴 윤은 최인훈의 『광장』을 읽지 않았다고 한다. 한국전쟁을 경험한 할아버지 이야기를 매개로 함경북도 출신의 포로가 대양을 넘어 브라질에 도착하여 새로운 삶의 희망을 찾는다. 어떤 의미에서 3부 18장으로 구성된 간결하고 서정적 이미지와 장면 제시에 유능한 이 소설이 『광장』을 계승하였다고 해도 과언은 아니다. 그런데 이병주의 『관부연락선』은 『광장』 이후에 나온 작품으로 「만세전」과 이어지고 『광장』과도 연결되는 측면이 있다. 우선 해협의 관부연락선이라는 미디어를 통하여 「만세전」과 비교되며 주인공 유태림이 한국전쟁을 겪으면서 좌도 우도 아닌 입장에서 실종 상태라는 점에서 『광장』의 이명준과 무연하지 않다. 『관부연락선』에서 먼저 주목할 일은 표제의 설정이다. 작가는 격자 형식의 이 소설에서 자서전적인 이중 서술자 가운데 하나인 '유태림'의 수기 「관부연락선」을 통하여 '관부연락선'의 상징적 의미를 제시한다. 그것은 영광과 굴욕의 양가성으로 다음처럼 서술되고 있다.

관부연락선은 영광의 상징일 수가 있으며 굴욕의 상징일 수도 있다. 영광이니 굴욕이니 하는 퍼세틱한 표현을 배제하고 필요한 수단이라고 말할 수도 있지만 필요한 수단으로서의 관부연락선은 지금 나의 관심 대상은 아니다. 영광이라고 하고 굴욕이라고 해도 일본인에겐 영광이고 한반도인에겐 굴욕이라고 구분할 생각은 없다. 그저 어떤 사람들에겐 영광이었고 어떤 사람에겐 굴욕의 통로였다는 뜻이다. 예를 들면 한일합방에 공로가 있었다고 해서 영작과 재물을 얻으러 가는 반도인에겐 영광의 통로일 수가 있었고 가난에 시달려 대륙지방으로 팔려 가는 창녀들에겐 비록 그들이 일본인이라고 하더라도 굴욕의 통로가 아닐 수 없는 것이다.

이처럼 '유태림'이 관부연락선을 추적하고 연구한 배경에는 영국과 프랑스를 잇는 도버 해협의 자유와 비교하려는 데서 촉발하며 친일 귀족 '송병준'을 암살하려다 실패하고 현해탄에 투신한 '원주신'의 행방을 찾는 일과 연관한다. 또한 유태림과 '나'(이선생-작가의 분신) 등이 학병으로 출정하여 만주와 화북, 소주와 상하이, 남경을 위시한 중국 대륙뿐만 아니라 멀리 버마에 이르고 있어 그 스케일이 아시아 나아가 일제의 대동아공영권에 상응하고 있음을 알 수 있다. 유태림의 프랑스와 영국 행이 육로에 의한 것인지 해로에 의한 것인지 명확하게 서술되고 있지는 않다. 다만 이 소설이 보여주는 스케일이 아시아 지중해를 상회하는 지역에 이르고 있음은 분명하다. 하지만 제국이 허용한 이와 같은 스케일은 해방과 분단 그리고 전쟁으로 이어지면서 국가와 로컬로 축소하고 만다. 지리산 유역과 진주와 하동, 대구와 부산이라는 국지적 영역에서 벌어지는 구체적인 사건의 서술로 귀결한다. 이는 '유태림'이라는 인물을 통하여 이데올로기의 파고를 넘어 근대를 창출하려 한 의도에 상응하는데, 중도적 개혁주의라고 할 수 있는 그의 입장은 역사의 미로에 갇히고 만다.

3. 대양적 전환과 한국문학

『광장』이 남중국해에 도착하고 『관부연락선』이 세계와 접속하였다고 하지만 한국문학사에서 대양적 전환은 거의 우연에 가깝게 이뤄진다. 1949년 출범한 대한해운공사[9]가 부산호와 마산호를 인수하기에 앞선 1951년 10월 21일 극동해운 소속의 고려호가 우리나라 선박으로서는 처음으로 태평양을 건너 미국에 취항하였다. 대한해운공사에 의한 대미 정기항로 개설은 1953년 동해호와 서해호를 미주항로에 취항하는 데서 비롯한다. 이로써 부산호, 마산호, 동해호, 서해호를 보유하는 한편 1954년 남해호와 천지호를 도입하여 동남아와 미국 간의 항로에 투입하였다. 남해호는 총 톤수

---

9   적산인 일본우선을 조선우선으로 전환한 이후 미군정의 도움을 받으면서 일본으로부터 선박을 반환받는 등 노력을 하다 1949년 국회가 제정한 대한해운공사법에 의하여 대한해운공사로 출범한다.

7,607톤, 전장 455피트, 폭 62피트, 속력 15노트의 빅토리형 선박으로 국내에서 가장 큰 대형선박이었다. 모두 한국전쟁과 휴전 이후에 이루어진 선박 취득과 항로 개설이다. 해방과 더불어 일제시대에 형성된 연안 항로는 거의 사라지고 만다. 정부 수립 이후에 해사 행정 체계를 어느 정도 수립하였으나 외항선의 현실은 무질서에 가까웠다. 어떤 의미에서 한국전쟁은 부산항의 역사를 바꾸어 놓았다. 전쟁으로 인한 해운부문의 파괴가 광범하게 이뤄진 가운데 부산항을 중심으로 한일 항로를 통하여 후방 운송활동을 전개하였으니 그 혼잡도가 높을 수밖에 없었다. 한동안 일본 선박이 부산항을 휘젓는 사태가 있었는데 1954년이 되어 모두 철수하는 형국이었다.[10] 무엇보다 태평양을 발견한 일을 중요한 사건으로 생각할 수 있겠다. 우연처럼 이 일을 수행한 문인이 시인 박인환이다.

박인환이 그가 소속되어 있던 대한해운공사에서 사무장의 책임을 맡아 미국행 남해호에 승선하여 부산항을 출항한 것은 1955년 3월 5일이다. 이로써 그는 그를 항상 사로잡고 있던 새로움의 세계로 전진하게 되었는데 이때의 체험을 바탕으로 여러 시편을 남겼다.

---

10 한국해사문제연구소, 『잃어버린 항적』(보람사, 2001), 99-151쪽.

갈매기와 하나의 물체/'고독'/연월도 없고 태양은 차갑다./나는 아무 욕망도 갖지 않겠다./더욱이 낭만과 정서는/저기 부서지는 거품 속에 있어라./죽어간 자의 표정처럼/무겁고 침울한 파도 그것이 노할 때/나는 살아 있는 자라고 외칠 수 없었다./거저 의지의 믿음만을 위하여/심유(深幽)한 바다 위를 흘러가는 것이다.//태평양에 안개가 끼고 비가 내릴 때/검은 날개에 검은 입술을 가진/갈매기들이 나의 가까운 시야에서 나를 조롱한다./'환상'/나는 남아 있는 것과/잃어버린 것과의 비례를 모른다.//옛날 불안을 이야기했었을 때/이 바다에선 포함이 가라앉고/수십만의 인간이 죽었다./어둠침침한 조용한 바다에서 모든 것은 잠이 들었다./그렇다. 나는 지금 무엇을 의식하고 있는가?/단지 살아 있다는 것만으로서.//바람이 분다./마음대로 불어라. 나는 데크에 매달려/기념이라고 담배를 피운다./무한한 고독. 저 연기는 어디로 가나.//밤이여. 무한한 하늘과 물과 그 사이에/나를 잠들게 해라. (「태평양에서」 전문)

배와 바다와 항해는 대양을 경험하는 문학을 구성하는 기본 모티프들이다. 배는 사회의 축도이기도 하지만 육역과 다른 고립의 조건을 형성한다. 육로 여행이 끊임없이 타자와 만나는 과정이라면 해로 여행은 바다라는 자연의 상태와 대응하거나 자기의 내면을 응시하는 과정이 된다. 어떤 의미에서 해양 시편의 빈곤은 해로의 사정과 무관하지 않다. 서사가 발생할 사건이 적을 뿐 아니라 보이는 사물 또한 다양하지 못하기 때문이다. 박인환의 「태평양에서」는 항해 체험을 매우 구체적으로 드러낸다. 1연은 충격적인 항해 체험을 제시하는 데 그친다. "낭만과 정서"를 깡그리 무화하는 파도치는 바다 위에서 "살아 있는 자"라고 말할 수밖에 없는 자기 존재에 대한 인식이 그것이다. 그렇지만 자연 상황이 존재를 압도하는 일은 지속되지 않는다. 마치 인생의 우여곡절처럼 바다의 정황 또한 변화하기 마련이다. "안개"며 "비"며 "갈매기" 등 사물과의 만남을 통하여 생을 돌아보는 계기가 마련되면서 지난날 먼 전장으로 인하여 느끼던 불안이 나약한 존재의 증명에 불과하다고 인식하게 된다. 그리하여 "나는 지금 무엇을 의식하고 있는가?/단지 살아 있다는 것만으로서"라고 자기의 생에 대한 근본적인 물음을 제기하는 것이다. 이러한 시적 자아의 변전은 마침내 3연과 4연에 이르러 생에 대한 체념이나 달관 혹은 관조에 이르게 된다. 항해를 "쓰디쓴 깨달음"이라고 한 것은 보들레르다. 박인환 또한 항해를 통하여 과거의 삶과 격절하는 한편 새로운 자아를 찾아간다. 이처럼 박인환은 대양 체험이 성공적으로 형상화된 시편를 남기고 있다. 그는 또한 「15일간」을 통하여 선상 체험이 내포한 권태와 무의미, 고립과 소모를 말하면서 "누만 년의 자연 속에서 자아를 꿈"꾸게 되는데 그는 이를 "기묘한

욕망과/회상의 파편을 다듬는/음참(陰慘)한 망집"이라고 서
술하고 있다. 다시 말해서 출구가 없는 바다 위에서 변화하
는 자아나 확대되는 자기를 발견하고 있다. 그래서 "사변(四
邊)은 철(鐵)과 거대한 비애에 잠긴/하늘과 바다./그래서 나
는 이제 외롭지 않았다."라는 마지막 구절이 예사롭지 않다.
박인환의 대양 시편은 그의 특수한 체험에 한정되었다는 점
에서 한계를 지닌다. 아메리카 여행이라는 하나의 사건으로
끝나고 마는데 일제 시대 이래 은유의 수사학에 머물던 대양
의 구체적인 지평은 크게 확장되지 않는다.

　　　그날은 3월/율리시즈가 잠자듯이/나는 이 바다에서 잠
든다.//태양은 때론/그 향기를 품에 안고/조용한 바다 위를
흐른다.//인생은 표류/작은 어선들이/과거를 헤맨다.//이국
의 바다 섬들 속에 있는/세토나이카이 그 물결 위에/나의 회
한이 간다. (「세토나이카이」 전문)

"율리시즈"는 해양 서사의 한 전범이다. 박인환이 이 시
속의 주인공을 율리시즈에 비유한 것은 의미심장하다. 그만
큼 그가 항해를 인생의 과정에 견주고 있다는 것이다. 유혹
과 휴식과 방황, 갈망과 회한이 늘 함께하는 것이 인생이 아
닌가. 다른 곳을 향해 떠나가는 것, 그 과정에서 만나는 무수
한 질곡, 그리고 회귀. 항해와 인생은 염세적이든 낭만의 모

험이든 같은 맥락에서 이해되고 해석된다. 박인환의 해양시는 그의 특수한 체험에서 경험의 지평으로 나아가는 대목에서 그치고 만다.

박인환의 '남해호'가 일본을 거쳐 태평양을 지나 미국으로 향한 1955년은 한국이 대양을 향한 열망을 키우던 시기이다. 어떤 의미에서 1945년 해방은 해양의 해방이다. 한국이 비로소 대양의 전망을 열게 되었기 때문이다. 대동아공영권으로 둘러쳐진 태평양이 최남선이 말하던 자유 대양으로 우리 앞에 다가왔다. 하지만 상당한 기간 미군정이 제한한 범위(맥아더 라인)를 벗어날 수 없었다. 여전히 해협에 갇힌 형국인데 1950년 한국전쟁을 지나면서 동아시아 지중해에서 벗어나 태평양과 인도양으로 항진한다. 박인환이 상선 '남해호'를 타고 태평양을 항해한 시기가 1955년이라면 원양어선 '지남호'가 인도양으로 출어한 게 1957년이다. 이로써 상선과 어선이 대양을 항해하는 빈도가 갈수록 높아졌다. 하지만 이미 기성 시인인 박인환이 태평양을 왕래하면서 항해 시편을 쓴 우연을 제외하고 대양의 문학은 나타나지 않았다. 천금성(1969년), 김성식(1971년)이 등장하기까지 10여년을 기다려야 하였다. 이 시기 동안 한국의 해양 경제는 날로 발전하였는데 근대화는 곧 '해양화'라는 등식에 상응한다. 분단체제로 섬이 되었고 자원이 없는 한국이 지향할 바는 수출이다. 상선과 원양어선이 해항 부산에서 오대양을 오가면서 대양의 문학의 토대가 형성되었다. 1960년대 후반부터 월간《해기》등에 대양적 경험이 소개되고 쓰이면서 본격적인 대양 문학의 태동 가능성이 커진다. 천금성과 김성식은 이처럼 부산을 기반한 해양경제의 바탕 위에서 대두하였는데 박인환의 우연과 그 경험적 차원을 달리 한다. 대양적 전환과 대양적 경험 그리고 대양적 감정이 문학으로 육화하는 과정은 다양할 수 있다. 단지 해양문학만의 문제가 아니며 한국문학이 이를 어떻게 인식하느냐의 문제이다. 하지만 이에 관한 보다 세심한 논의는 다음으로 미루고 하나의 주제인 대양적 전환의 문제의식을 노정하는 데 만족하고자 한다.

구모룡
문학평론가. 한국해양대 동아시아학과 교수.『제유의 시학』,『근대문학 속의 동아시아』,『폐허의 푸른빛』등의 저서가 있음. kmr@kmou.ac.kr

해양의 탈식민화와 시적 상상력
: 해방 이후의 해양 상상력

김만석

1. 해양으로서 '남방'에 접근하는 회로

이 글은 '아시아'의 역사와 문화를 '해양'과 '교통'이라는 관점에서 파악하여 '소진되지 않는 유산이자 미래'로 가늠해 보고자 시도된다. 아시아의 역사를 '육역' 중심으로 파악할 때와 '해역' 중심으로 이해할 때, 아시아의 '지리'는 전혀 다른 방식으로 파악된다. 이에 더해 '해역'에서의 교류는 지구 전체가 접촉하고 교착하며 새로운 문화적 자산을 형성한 원천이었다. 일테면 서양과 동양이 부딪히고 갈등하면서 생성한 문화적 혼종성은 인종, 종교, 종족, 언어, 지역, 건축, 이념, 섹슈얼리티를 가로지른다. 이는 해역 중심으로 바라본 '아시아'가 역사적 시기마다 새로운 문화적 성취에 도착했음을 드러낸다. 가령, 17~20세기 동안 해역 중심의 '아시아'가

제국주의의 수탈을 위한 '무진장'이었다면, 21세기에는 동시대와 미래를 위한 문화적 '무진장'이라는 사실을 지시해주고 있다는 것이다.

물론 아시아의 '바다' 혹은 '해양'은 여전히 매끄러운 '공간'으로만 파악할 수 없다. 교통과 교역은 힘관계와 무관하지 않으며 '영토화'에 대한 국민국가들의 '충돌'은 아직 불식되지 않고 있는 것이 사실이다. 그럼에도 '해역' 중심으로 아시아에 접근할 때, 기존의 지정학적 '위계'와 '경계'가 부식되거나 제 힘을 잃는 것도 사실이다. 달리 말해, '바다' 혹은 '해양'이 우주적 운동으로서 '파도'와 '해류'로 표현되는 장이라면, 이곳엔 '고정'되거나 '고착화'된 사유와 문화가 서식하는 것은 가능하지 않다는 의미이다. 파도와 해류가 이곳과 저곳을 이동하게 한 우주의 힘이자 지구의 근원적 에너지라고 할 수 있다면, 교통과 교역에서 비롯되는 아시아의 혼종적 문화 역시 바다 혹은 해양의 이 원천들에 기반하고 있다고 할 것이다. 이 원천 에너지가 중지되지 않는 이상 아시아의 해안이나 기슭은 무진장의 문화가 생성될 것이다.

이를 위한 '방법'은 크게 두 가지 차원의 레퍼런스에 기반할 필요가 있다. 먼저 철학적 배경으로서의 '해양'철학이다. 들뢰즈 · 가타리는 『철학이란 무엇인가』(이정임 · 윤정임 역, 현대미학사, 1995)에서 지리철학이라는 개념을 제시한 바 있다. 사유(철학)가 그리스로부터 오늘날에 이르렀다면, 그리스가 처해 있는 해항도시로서 갖는 특성, 상황과 구별될 수 없으므로, 사유(철학)은 지리적인 연관성 속에 놓고 이해할 수 있다고 판단한다.

> 개념들은 군도(群島)나 뼈대로서, 두개골이라기보다는 척추에 해당하며, 반면에 구도는 이러한 고립체들을 감싸주는 호흡이다.
>
> —질 들뢰즈 · 펠릭스 가타리, 이정임 · 윤정임 옮김, 『철학이란 무엇인가』, 현대미학사, 1999. 56쪽.

철학이 무엇일 수 있는지를 해명하는 잘 알려진 논의이지만, 이러한 지적은 이들에게만 발견되는 것은 아니다. 랑시에르에게서도 '해안선'과 '기슭'과 같은 장소는 사유(철학)뿐만 아니라 '정치'의 문제에 있어서까지 중요한 것으로 조명되고 있다(양창렬 역, 『정치적인 것의 가장자리에서』, 길, 2008). 일테면, 해안선은 '접촉지대'로 서로 다른 가치들이 경합하는 장이 되거나 역사와 공간이 교차하는 '크로노토프'가 되면서 고정될 수 없는 정동의 분출에서부터 국민국가(한국)의 폐쇄성에 이르기까지를 다양하게 담아낸다. 아시아의 해안선이 바로 그런 영역이다.

이는 해양을 추상적인 차원에서가 아니라 역사적 배경으로서 식민주의와 탈식민주의를 고려하게 만든다. 해역 아시아에 대한 역사적 담론은 일제의 '대동아공영권'이 현실화되면서 이루어진 광범위한 리서치와 연구를 통해서 전개된바 있다. 특히 '무진장' 담론은 '남방'(남양) 지역(현재의 동남아시아 지역 전체)을 수사하는 형식으로 사용되었으며 남방의 자원들(고무와 석유, 사탕수수 등)이 고갈되지 않는 천연자원으로서 '수탈'하기 위한 지배적 담론으로 활용되었다. 이과정에서 남방 지역을 '원시'로 이미지화하고 조선과 대만등이 이 지역에 비해 문명화되었다는 '위치성'을 스스로 할당해 '2등 국민'의 지위를 마련하고자 했다.

그러니 말이지.
우리 사시장철 어느 때나 찬미를 잊어 안 버리고 살 수있는 南域의 나라로 가잔 말이다.
거기는 숲 그늘에 에비스草의 열매가 포도송이처럼 푸둘어 익어가고, 亞弗利加 튜립과 赤素馨이 늘 피여 있어서 다사로운 바람이 하늘에서 불어 바다에 펴지는 날이면 꽃들이각각 저들의 자랑인 빨간 냄새, 하얀 냄새, 노랑 냄새를 배터버린다 한다.
우리 그리가서 꽃과 꽃 사이로 들낙날락하며, 숨박꼭질하자쿠나. 이마쌀 한번 찌푸리는 일없이 왼통 세상이 꽃인양,살아보자쿠나.
새노래에 밝아진 흰 낮이 다시 별빛에 검어 가는 밤이면

房안엔 土耳其의 촉대에 초ㅅ불이 傳說을 이얘기하고, 야자
나무 그늘에는 土人의 남녀들이 춤과 노래와 빤죠에 흥이 겨
움다 한다. 우리도 그리가서 영원히 滅하지 않는 태양의 노
래를 불러봄이 어떠냐. 분명 우리의 노래는 그들과 和唱이 될
것이리라. 이슬이 내려 옷자락이 촉촉 느러지면 대수로울 게
어디 있겠니.

그러면서 우리는 우리 종족의 체면이라든가 이런 건 채
리려 들지 말고, 그들 속에 숨은 - 神이 누구에게나 똑같이
주신 인간의 權利를 주장하는 법을 그들에게 배워주자쿠나.
生命의 움즉임을 인간으로서의 자랑을 깨달게 하자쿠나.

　　　—최정희, 「남방으로 보내는 꿈」, 『대동아』, 대동아사, 1942. 3. 169~170쪽.

제국 일본과 조선에서는 1937년~1945년에 이르는 시기
동안 미디어에서는 '남방 열기'로 들끓게 되고 대학이나 정
부기구들의 기초조사와 인류학적 보고 등을 일본과 조선 내
에 유포해 '남방' 지역이 얼마나 황홀한 지역인지를 이미지
화(식민주의적 미학화)했을 뿐만 아니라, 문화인들의 현지답
사를 통해 '남방'의 이미지를 후방으로서 조선에 스크리닝하
게 된다. 이 당시 조선에서 출간된 대중잡지에서는 '남방'에
대한 식민지 사이의 위계화와 재식민화가 복합적으로 이루
어진다. 제국의 '판타지'를 그대로 계승하되 이를 조선인의
위치에서 재편함으로써 남방 판타지가 매끄러운 봉합이 아

니라 갈등적 역학이 서식하는 장소임을 드러낸 바 있다.[1]

사유와 역사라는 두 가지 틀을 기반해 '해역' 아시아를 논의의 대상으로 삼기 위해선 기본적으로 영역을 제한할 필요가 있다. 왜냐하면 이 지역에 대한 '관심'은 역사적으로 상이했으며, 실제적인 '항로'가 구축되고 난 뒤의 해양 경험은 전혀 다른 맥락으로 형성되기 때문이다. 여기에서는 해방 이후부터 한국전쟁 직전까지의 시기로 한정하고 '남방'을 중심으로 논의를 전개하고자 한다. 특히 이 시공간이 중요한 것은 일제 말기의 '남방 열기'라는 '에너지'가 어떻게 변주되었는지를 확인할 수 있다는 점에서도 매우 중요하다. 해방 이전의 '무진장 아시아'로 표상되던 위계적 담론에 대한 열광들이 극적으로 전환되는 사례를 통해, 조선(한국)이 이 지역

---

1 '남방 판타지'에 대해서는 권명아, 『역사적 파시즘』, 책세상, 2005를 참조하라. 『군도의 역사사회학』(이시하라 슌, 김미정 옮김, 글항아리, 2017)과 대서양의 노예와 해적, 탈주자의 역사를 다룬 『악마와 검푸른 바다 사이에서』(마커스 레디커, 박연 옮김, 까치, 2001), 『히드라』(마커스 레디커·피터 라인보우, 정남영·손지태 옮김, 갈무리, 2008), 『노예선』(마커스 레디커, 박지순 옮김, 갈무리, 2018), 『대서양의 무법자』(마커스 레디커, 박지순 옮김, 갈무리, 2021)는 지배적 담론 전략의 스펙터클 판타지를 비판적으로 이해하게 만든다. 이 저작들은 '군도'와 '대서양의 해류'의 역사를 다룬다는 점에서 '해양'의 "내재성의 구도"(들뢰즈·가타리)를 추출할 수 있도록 하는 저작들에 해당한다. 역사적 남방 지역이 '섬'으로 이루어져 있고 이곳에서의 삶이 '교통'과 '교역'을 필수적으로 요청한다면, 지배와 통치에 맞서는 '우정'과 '협력'의 '해류' 역시 가능함을 보여주는 역사적 사례들을 풍부하게 담고 있다고 할 수 있다.

과 어떤 관계로 변천되었는지를 확인해 볼 수 있을 것이다.

2. 무진장의 자원과 고통 : 해방과 남방담론의 식민주의적 재구성

해방이 되면서, (미군정의) 제도와 정책에서는 급속히 사라져 갔지만, 담론적 차원에서는 해방 이전의 '담론'을 계승하고 유지하는 경향과 맥락이 여전히 유지되고 있었으며 '남방' 지역을 해방 조선의 운명을 가늠하는 담론으로 전유하는 과정이 부분적으로 이루어진다. 해방 이후에 역사적 '남방'은 일제 말기의 '경험'과 해당 지역으로 갔던 조선인의 '귀환'에 관련된 소식들이 주로 담론화된다. 남방에서의 '경험'과 '귀환'은 서로 다른 두 가지 담론이라고 할 수 있는데, '경험'이 남방의 천연자원을 경제적인 차원에서 부각하는 것이었다면, '귀환'은 징병이나 강제징용으로 인한 조선인들의 피해와 아비규환을 다룬다는 점에서 차이를 갖는 것이었다. 이런 담론적 분화 과정을 함축하는 방식으로 '문학' 역시 두 가지 방향으로 분할된다. 이를 파악하기 위해선, 해방 전부터 해양소설에 관심을 가져온 이석훈(1907~1950?)의 문학적 흐름을 살피는 것이 우선 요긴하다.

이석훈은 자신의 문학적 이력의 출발에서부터 '해양'에

대한 관심을 가진 작가였다.[2] 일본어 '시'로 시작해 일본어와 조선어로 단편소설을 쓰기도 하고, 방송국의 아나운서와 신문사의 기자로 생계를 유지하고, 1939년《소년조선일보》에 「로빈손漂流記」(1939. 6. 25.~1939. 9. 10. 총 12회 연재)를 번역(중역) 연재하기도 하는 등 다양한 방식의 활동과 글쓰기로 당대 조선 문단에 기입되어 왔다.[3] 현재까지 확인된 기록에

---

2   이석훈에 대한 관심은 친일문학론과 이중어 글쓰기의 차원에서 부분적으로 연구되다가 이석훈의 생애사를 문학적 활동과 연계해 실증적으로 분석한 신미삼에 의해 입체적으로 확인되었다. 일제 시기의 문학적 활동과 생애사를 연계해 이석훈의 문학을 연구한 것으로는 신미삼, 「이석훈 문학연구」, 영남대학교 박사학위논문, 2014가 있다. 이 논문에서 이석훈의 생애가 일제 강점기까지 다뤄져 있고 발표된 문학을 체계적으로 정리하고 있어 이석훈의 일제 시기 문학에 대한 이해를 종합적으로 제시한다. 해방 이후의 문학적 활동에 대해서도 신미삼의 「해방기 이석훈 연구」(『인문연구』 77, 영남대학교 인문과학연구소, 2016)와 「해방기 이석훈 문학연구」(『현대소설연구』 84, 한국현대소설학회, 2021)가 있다.

3   신미삼에 따르면, "바다와 모험에 관한 이석훈의 낭만과 동경은 「로빈손漂流記」의 번역 연재로 그치지 않고 1940년과 일제 말 그리고 해방 후 작품 활동으로까지 꾸준히 이어진다." 그러나 신미삼은 이석훈의 소설을 '남방'(남양)담론의 연장선상에서 파악하고 있지는 않으며, 이석훈이 반복해서 강조하는 '생활'을 일제 말기의 '사실수리론'의 차원에서만 파악하고 있고 섬과 해양에 대한 관심이 폭발적으로 증대되는 원인에 대해서도 생애사적 차원에만 한정하고 있는 경향이 있다. 신미삼, 「이석훈 번역 「로빈손표류기」 연구」, 『현대소설연구』 77, 2020. 340쪽. 한편, '로빈슨 크루소'의 번역은 『걸리버 여행기』와 더불어 근대 초기에서부터 꾸준히 축약되고 당대의 상황에 맞춰 다양한 방식으로 재생산된 (번역된) 해양서사 가운데 하나이다. 이러한 해양서사가 '모험'과 '상상'을 주로 초점화해 '아동'을 대상으로 한 책으로 주어졌다는 것은 특기할만한 부분이다.

따르면, 첫번째 일본어 작품은 「島の娘」(섬 처녀)로 이십대 전후에 살았던 '애도'(艾島, 쑥섬)에서 불렸을 것으로 보이는 민요를 번역해 나고야의 한 문학잡지에 실었던 것으로 알려져 있다.[4] '애도'는 그의 여러 작품에서 반복적으로 나타나는데, 실제로 이십대 전후로 그의 부친이 건새우 공장을 했던 평양북도 정주에 면한 황해에 있는 섬의 이름이다. 이 섬에서의 경험은 그가 해양문학적 관심을 본격적으로 숙성하게 만드는 원천으로 여러 단편들에도 지속적으로 나타난다.

이석훈은 「로빈손漂流記」의 번역 연재를 마치고 "장편해양소설"「바다의 탄식」을 쓰기 시작한다. 이 소설은 장편으로 기획되었으나 1회로 종료되고 만다. 그럼에도 1회 분량에는 이석훈의 서사적 소재 가운데 핵심이었던 '섬'과 '어업' 활동의 내력이 자세히 드러난다. 서북지방 사투리를 살려 대사를 쓰고 있으며 '황해'에서의 어로 활동이 이루어지는 방식까지도 일부 묘사되어 있다. 또 해당 지역에서 불렸던 일종의 노동요에서부터 산업화와 전통적인 신념 체계가 갈등적으로 부딪히는 에피소드가 선명하게 드러나고 있어 연재가 이루어졌다면, 황해 지역의 어로 활동과 수산업의 체계가 잘 나타났을 것으로 파악된다. 이석훈의 해양소설에 대한 관심

---

4   이 작품은 《부산일보》(1929. 10. 30)에 일본어로 실린다. 신미삼의 박사 학위 논문에서는 이 시의 일본어 제목을 「鳥の娘」(모두 8곳)이라고 했으나, 「島の娘」의 오기이다.

이 현실화될 수 있었던 것은 당대의 남방 담론의 폭증과 무관하지 않은 것이었다.

특히 일종의 SF 형식을 차용해, 십 년 이후의 시간을 상상하면서 서사를 조직한 「십 년 후」는 남방 담론의 '결정판'과 같은 서사적 형식을 갖고 있다는 점에서 중요하다. 이석훈의 서사적 특징 가운데 하나인 '십 년 후'의 '설정'은 다른 단편들에선 '섬'으로 귀환하거나 회상하는 방편으로 활용된 데 반해, 이 소설에서 '십 년 후'는 미래적 시간으로의 이동을 통해, 현재와 현재의 욕망 그리고 위기들을 모두 함축해 다룬다는 점에서 차이를 갖는다. 형식적으로 이 소설은 "回覽板小說"(회람판 소설)로 명명되어 있는데, 이 용어가 지칭하는 바가 정확하게 어떤 것인지는 알기 어렵다. 여러 독자들이 돌려본다는 데 초점을 둔 명칭인 것인지, 미래적 시간에서 '과거'를 떠올려 보는 서사물을 지칭한 것인지 확정하기 어렵다. 짧은 분량으로 금방 읽을 수 있는 용도로 고안된 명칭으로도 볼 수 있다.

나의 이번 여행목적은 남양에서도 특히 세레베스 섬에 이주하고 잇는 만흔 반도 출신을 방문함에 잇섯다. 백두산마루의 코-쓰에 싸러 위선 마닐라를 대강 구경하고 남쪽으로 처저 민다나오 섬의 삼보앙가에 잠시 발자취를 인치고 동쪽으로 썩겨 다바오에 내려서 이삼일 구경한 뒤, 다시 남으로

적도 근처까지 내려가 드디어 세레베쓰 섬 북쪽 요항인 메나
도에 상륙하엿다.

(중략)

여러분이 이러케 혹은 사업에 혹은 문화게에 눈이 부실
만한 활동을 하며 모다들 생활이 풍족해저서 대동아 전쟁시
대의 일을 지금은 옛말 삼어 이야기하며 행복스레 살고 잇는
것을 볼 째 대동아 전쟁이야말로 우리들에게는 업지 못할 큰
역사적 동기엿섯던 것을 깨닷습니다. 우리는 우리들의 행복
을 위해서 뿐만 아니라 원주민을 항상 사랑하고 지도해 주어
서 그들의 생활도 역시 향상시켜 주어야 할 것입니다.

—牧洋(이석훈),「십 년 후」,『일본부인 조선판』 11월 · 12월 합본,

대일본부인회 조선본부발행, 1944. 76~77쪽.

1944년 말에 한글로 창작된 소설이며 이석훈은 "牧洋"
이라는 필명을 사용해, 남양으로 여행하는 '나'가 "대동아전
쟁"이 끝나고 난 뒤 섬에 이주한 조선인 동포들을 만나 감
격해하는 것이 서사의 기본을 이루고 있다. 이 과정에서 식
민지 조선인이라는 위치는 은폐되고 있으며, "원주민"을 시
혜적 대상으로 간주하는 식민주의적 시선을 드리워 놓는다.
'남양'은 전적으로 이석훈에게 '판타지'의 장소로 상상된 것

이었다. 이런 상상력은 "가명의 탈을 쓰고 매문 행위"[5]했다고 스스로 평가하는 해방 이후의 '반성적 고백'에도 불구하고 곧장 사라지는 것은 아니었다. 달리 말해, '남방' 담론에서의 원주민 혹은 통상적으로 쓰인 '토인'에 대한 조선인의 우월적 위치가 해방 이후에도 곧장 교정될 수 있는 것은 아니었다. 현재 확인되지 않고 있으나, 라디오 방송 대본으로 쓰인 것으로 파악되는 『똘똘이의 모험-남양편』에서도 고스란히 이어졌을 것으로 간주된다.[6] 왜냐하면, '탐정물'이 세계

---

5 이석훈, 「고백」, 『백민』, 백민문화사, 1948. 1. 46쪽. 해방 이후 이석훈은
   만주에서 2~3개월 만에 경성으로 돌아온 것으로 추측되며, 가명으로
   글을 써서 생계유지를 지속하다, 이 글을 통해서 자신의 이름으로 본격
   적로 글을 쓰기 시작한다. 이후 해군 정훈장교(중위)로 입대를 하게 되
   며, 여순사건의 진압에도 참여한 것으로 알려지고 있다. 이 때의 경험이
   「반란지구 해군작전기」(『삼천리』, 삼천리사, 1948. 12)로 쓰인 것으로
   파악된다. 이석훈의 해방기 가명/필명은 "왕명"과 "이금남"으로 나타난
   다. 이에 관해서는 신미삼, 「해방기 이석훈 연구」, 『인문연구』77, 영남대
   학교 인문과학연구소, 2016. 135쪽과 141쪽 참조.
6 이석훈의 이 저작은 '만화'로 보는 연구도 있으나, 이석훈의 이력을 통
   해 볼 때, 방송극이나 대본이었을 가능성이 더 크다. 한편, 『똘똘이의 모
   험』은 일종의 시리즈로 출간되었다. 서지사항을 보면, 1)김내성, 『똘똘
   이의 모험 : 박쥐편』, 영문사, 1946. 11. 2)이석훈, 『똘똘이의 모험 : 남양
   편』, 금룡도서문구주식회사, 1946. 3)김내성, 『똘똘이의 모험 : 난쟁이
   나라 구경편』, 문구당서점, 1947. 5. 1. 로 나타난다. 『똘똘이의 모험』은
   만화영화로 제작되어, 16만 명의 관객을 불러 모으는 해방기 최대 히트
   작 가운데 하나가 된다. 탐정소설의 해방기의 양상에 대해서는 김종수,
   「해방기 탐정소설 연구」, 『동양학』48, 단국대학교 동양학연구소, 2010
   을 참조하라.

에 대한 근대적인 합리적 '해석'과 '분석'을 기초로 이루어진
다는 것을 감안하면, '남양'에 대한 원시적 이미지를 반복적
으로 사용했을 가능성이 크기 때문이다.

　　[부산에서 김 특파원 발] 남양의 한복판 트락크 섬에는
　　우리 동포가 8천여명이 나가서 가혹한 압제미테 혹사를 당
　　하다가 싸이판이 함락되자 식량공급이 안 되기 시작하매 일
　　본인은 조선사람들에게 식량을 안주기 시작하야 전부가 영
　　양부족으로 쓸어짐에도 불구하고 진지구축에 하로가 바쁜
　　일인은 일만 시키어 굴머죽는 동포가 매일 생기는 참혹한 생
　　활을 하다 급기야 이 트락크 섬에도 미군의 공습이 시작하
　　자 일군에게도 식량공급이 두절되고 말어 조선동포는 처음
　　에는 나무뿌리 풀닙으로 살다가 그것도 모자라서 산과 들에
　　풀이란 풀은 전부 뜨더 먹고 쥐 한마리에 백원씩 매매가 되
　　고 뱀 버레등 닥치는대로 먹다 못하여 5천여명 동포는 무참
　　히도 굴머 죽엇다는 가장 슬픈 소식을 실고 남어지는 3,254
　　명은 지난 1월 15일 트락크를 떠나 2월 2일에 일본 吳港에서
　　대우환(大隅丸)에 바구어 타고 지난 6일 부산항에 입항하엿
　　다. 동 3,254명 중에는 지원병 3백 명을 제하고는 전부 강제
　　징용을 당해 갓든 사람으로 지원병 중에 강원도 출신 이위상
　　군은 감개무량한 듯이 다음과 가튼 말을 하엿다.
　　이위상군 담

-다시 못올 줄 알엇든 조국! 더욱히 해방된 조국에 상륙하니 가치가 잇다가 희생된 5천여 동무의 생각에 눈물이 납니다. 해방될 때까지 우리들은 뼈만 남은 산송장이 되여 기동을 못하엿는데 미군이 상륙하며 식사를 공급해서 살엇슴니다. 일본놈 압박은 언어도단이여서 전북 출신의 우리 조선사람 반장 고원(高原)씨는 참다 못하야 장교 한명을 찔러 죽이고 자살한 례도 잇고 마즈막에는 식량이 떠러지니까 굴머서 기동을 못하는 조선사람에게 토민의 농작물을 도적해 오라고 총칼로 위협까지 햇슴니다. 운운.

─「오천동포는 아사 남양 트락크島에 비극」,《조선일보》, 1946. 2. 14.

귀환동포의 고통에 대한 당대의 언론 보도에서 '남방'은 이중적인 방식으로 나타난다. 전쟁 동원으로 인해 고통받는 귀환담의 '배경'으로 주어진 '남방'은 일제 말기의 판타지를 무색케 할 정도의 빈궁한 장소로 삽시간에 전환되어 조선인 동포의 고통을 배가시키는 장소로 변경된다. '무진장' '자원의 보고'에서 '무진장' '고통의 장소'로 변경되면서, 남방은 "조국"과 달리 생존에 부적절한 공간으로 이미지화된다. 이는 '남방'을 한편으로는 '원시화'하면서 '계몽의 대상'으로 삼는 식민주의적 기획이 무의식적으로 관철되고 있음을 의미한다. 원주민들이나 이들의 '삶'의 자리가 거의 등장하지 않는 이들 서사는 단순히 '귀환'의 과정에서 '2등 국민'의 위치를 탈각하고 조선인의 위치를 '확보' 혹은 '회복'하기 위해 이들의 침묵에 의존하고 있음이 드러난다는 것이다. 즉, 남방이 탈출의 장소일 뿐, 이들의 말은 전달되지 않는 방식으로 담론이 배치됨으로써 남방을 재식민화하는 것이다.

3. 남방에서 동남아시아로의 재배치 : 탈식민주의적 연대의 경로

해방기의 이러한 수난담론은 남방을 잠정적으로 식민화하고 향후 역사적 계기를 통해서 식민화하는 회로로 이어진다. 해방 이후 해안선이 '냉전'의 지정학으로 통제되면서, 국내에서는 '군도'를 '남방'과 같은 방식으로 이미지화함으로써 내부 식민주의를 지속한다. 흑산도의 경우가 대표적이다. 식민지 시기 《조선일보》에 연재되었던 「신판 로빈손 표류기」(1939. 8. 5~9. 29, 40회)가 대표적이다. 이 연재는 아무런 예고도 없이 갑자기 시작되었으며, 남방 담론에 대응해 조선 내부의 식민주의적 회로로 구상되었을 가능성이 없지 않다. 흑산도는 1970년대 후반까지 '군도'로 명명되었고 '신안군도'와 '우이군도' 등과 함께 식민주의적 담론이 실현되는 장소로 활용되었다. 물론 해방 이후 남방이라는 용법은 대동아라는 용어와 함께 사라지고 문학적 상상력 역시 대체로 해양으로 나아가지 않는다.

특히 해방기의 시에서는 일제 말기까지 폭증했던 해양 상상력이 한국전쟁 이전까지 사실상 거의 사라진다.[7] 이런 문학적 상상력의 지정학적 축소가 일반화되었음에도, 해방된 조선의 재배치와 좌표를 적극적으로 상상했던 문학적 실천이 없었던 것은 아니었다. 이의 대표적인 문학인이 박인환이었다. 박인환은 당시 '동남아시아' 지역의 전후 '해방'과 '독립'에 대해 예민하게 감각하고 있었던 작가였다. 일테면 '레닌 탄생 기념호'로 발행된 잡지 『신조선』(1947. 4월호)에 박인환은 「인천항」이라는 시를 실음으로써, 당시 "인민민주주의 노선과 인민항쟁, 인민정권의 수립에 대한 주장"을 하던 잡지의 편집지향과 공명한다.[8]

이 시에서 박인환은 홍콩과 상해의 역사를 해방기의 혼란한 인천항과 겹쳐 보고 "밤이 가까울수록 星條旗가펄덕이는宿舍와駐屯所의네온 · 싸인은붉고 짠그의 불빛은 푸르며 마치 유니온 · 짝크가 날리는 植民地 香港의夜景을닮어간다// 朝鮮의海港 仁川의埠頭가中日戰爭때日本이支配했든

---

7   이와 관련해서는 다른 연구를 통해서 밝히고자 한다. 일제 말기의 독자 투고란에 제출되는 '바다'를 소재와 주제로 한 시의 급증 과정과 해방 이후 이 상상력의 변용과 이행은 해방 이후 '시적 상상력'이 어떠한 것이었는지를 확인하게 해줄 것이다.

8   정우택, 「마리서사와 박인환」, 『비교어문연구』 32, 비교어문학회, 2012. 300쪽

上海의밤을/ 소리없이 닮어간다"[9]고 조선의 미래를 불안한 시선으로 '전망'한다. 달리 말해, 동남아시아 각 구 식민지의 투쟁에 대한 당대의 기사는 조선의 운명을 가늠하는 일종의 가늠자이기도 했고 이들 인민들의 투쟁은 박인환이 보기에는 '연대'의 대상이 아닐 수 없었다. 반제국주의적인 아시아의 연대에 대한 '시적 상상력'이 동남아시아를 통해서 이루어진 것은 이 시기 박인환의 경우에서가 거의 유일하다.「인천항」 이후 이를 적극적으로 밀어붙이는 박인환의 두 편의 시는 그래서 이채롭다.

거북이처럼 괴로운 세월이/ 바다에서 올러온다// 일직이 의복을 빼았긴 土民/ 태양없는마레―/너의사랑이白人의고무園에서/ 素馨(자스민)처럼 곱게 시드러졌다// 민족의 운명이/ 꾸멜神의榮光과함게사는/ 안콜·왓트의나라/ 越南人民軍/ 멀리이땅에도들려오는/ 너이들의 抗爭의총소리// 가슴이 부서질듯 南風이분다/ 季節이바뀌면颱風이온다// 亞細亞모든緯度/ 잠든사람이여/ 귀를 기우려라// 눈을뜨면/ 南方의향기가/ 가난한 가슴팩으로 슴여든다/ (五月)

―「南風」 전문

9   『신조선』, 1947. 4. 79쪽.

東洋의오-케스트라/ 가메란의 伴奏樂이들려온다/ 오 弱
小民族/ 우리와같은植民地의인도네시야/ 三百年동안너의
資源은/ 歐美資本主義國家에빼았기고/ 反面 悲慘한犧牲을
받지않으면/ 歐羅…巴의半이나되는넓은땅에서/ 살수없게
되었다/ 그러는사히 가메란은 미칠듯이 우렀다// 오란다의
五十八倍나되는面積에/ 오란다人은조금도갖지않은슬픔을/
密林처럼지니고/ 六千七十三萬人中 한사람도 빛나는 南十
字星은처다보지도못하며살어왔다// 首都바다비아商業港 스
라바야 高原盆地의中心地 반돈의 市民이어/ 너의들의 習性
이용서하지않는/ 남을 때리지못하는것은 回教서온것만이아
니라/ 東印度會社가崩壞한다음/ 오란다의 植民政策밑에모
든힘까지도빼았긴것이다// 사나히는일할곳이없었다그러므
로弱한여자들은白人아래눈물흘렸다/ 數萬의混血兒는살길
을잊어애비를찾었으나/ 스라바야를 떠나는商船은/ 벌서 汽
笛을울렸다// 오란다人은폴도갈이나스페인처럼/ 寺院을만
들지는않었다/ 英國人처럼銀行도세우지않았다/ 土人은貯蓄
心이없을뿐만아니라/ 貯蓄할餘裕란도모지없었다/ 오란다人
은옛말처럼道路를닥고/ 亞細亞의倉庫에서임자없는사히/ 寶
物을本國으로끌고만갔다// 住居와衣食은最低度/ 奴隸的地
位는더욱甚하고/ 옛과같은 創造的血液은完全히腐…敗하였
으나/ 인도네시야人民이어/ 生의光榮은그놈들34)의 所有만
이아니다// 마땅히要求할수있는人民의解放/ 세워야할늬들

의나라/ 인도네시야共和國은成立하였다그런데聯立臨時政
府란또다시迫害다/ 支配權을恢復할랴는謀略을부셔라/ 이제
는 植民地의孤兒가되면못쓴다/ 全人民은一致團結하여스콜
처럼부셔저라/ 國家防衛와人民戰線을위해피를뿌켜라/ 三百
年동안받어온눈물겨운迫害의反應으로/ 너의 祖上이남겨놓
은저椰子나무의노래를부르며/ 오란다軍의機關銃陣地에뛰여
드러라// 帝國主義의野蠻的制裁는/ 너이뿐만아니라 우리의
侮辱/ 힘있는데로英雄되어싸워라/ 自由와自己保存을위해서
만이아니고/ 野慾과暴壓과非民主的인植民政策을地球…에
서부서내기위해/ 反抗하는인도네시야人民이여/ 最後의한사
람까지싸워라// 慘酷한멧달이지나면/ 피흘린 자바섬(島)에
는/ 붉은 간나꽃이 피려니/ 죽엄의보람은 南海의太陽처럼/
朝鮮에사는우리에게도빛이려니/ 海流가부디치는모든陸地에
선/ 거룩한 인도네시야人民의來日을祝福하리라// 사랑하는
인도네시야人民이여/ 古代文化의대遺蹟 보로·보도울의밤/
平和를울리는鐘소리와함게/ 가메란에 마추어 스림피로/ 새
로운 나라를 마지하여라(一九四七, 七, 二六)

　　　　　　　　　　　　　—「인도네시아 人民에게주는詩」 전문

　　좌우이념 대결의 논리의 적대구조로 함몰되지 않고 조
선의 '해방'을 '구 식민지의 인민들'과 연대함으로써 구축하
고자 하는 시적 진술은 일제 말기의 남방담론을 극복한 시

적 성취에 해당한다. 동남아시아에서 일어난 반제국주의 독립투쟁과 항쟁의 자장 속에서 공명한 박인환의 해방 이후 시는 필리핀 마닐라에 있는 아시아종교음악연구소의 초청을 받아 간 이후 창작된 26편의 「밥과 자본주의」 연작시를 통해서 이룬 아시아 여성들의 연대에 대한 '상상력'이 나오기까지 공백으로 남겨진다. 이 시기를 지난 이후 박인환의 시가 구체적인 현실보다 자아의 내면에 대한 고통을 호소하는 것으로 옮겨가는 것은 1948년 이후 급속하게 변화한 조선의 정세 속에서 고초를 당하면서이다.[10] 동남아시아 인민들의 항쟁에 공명했던 박인환이 급속하게 위축되면서, 동남아시아는 기존의 남방담론과 엮이면서 급속하게 일제 말기의 '추억'이나 '회상' 그리고 '경제적 대상'으로 좌표화된다.

1947년에 일시적으로 만들어졌던 동남아시아 담론은 남한 단독정부가 수립되고 제주 4·3과 여순사건이 벌어지면서, 식민주의적 회로를 다시 반복하게 된다. 가령, 1980년대 여행자율화 조치는 이를 가속화한 하나의 방식이었다(그런 점에서 고정희의 연작시가 갖는 중요성은 두말할 필요가 없는

---

10 정우택, 앞의 논문 5장 참조. 정우택에 따르면 박인환은 모윤숙의 고발로 국가보안법 위반으로 체포(당시 체포된 신문기자는 최영섭, 심래섭, 박인환, 허문택, 이문남이다)되면서 국민보도연맹의 행사에 동원되는 등의 분위기가 이어지면서 "진취적이고 역동적인 어조로 현실세계와 대면하던 것으로부터 페이소스가 짙게 묻어나는 자기연민의 어조로 변화하는 계기"(317쪽)가 되었다고 파악한다.

것이다). 해양 상상력의 식상한 반복은 실제적인 '대양'의 경험이 이루어지는 1950년대 중후반 이후에야 문학적 상상력으로 다시 나타난다. 물론 지정학적 경제구조는 '부산'을 동남아시아와 강력하게 연결하고 있었다는 것을 놓쳐서는 안 된다. 동남아시아 각 국가들로부터 '고무'를 수입해 신발 등으로 가공해왔던 부산지역의 산업구조는 이 지역들과 뗄 수 없는 방식으로 묶여 있었다. 가시화되지 않았지만 1980년대 후반의 노동운동과 노동문화, 문학은 이런 관점에서 재조명되어야 한다.[11] 그러니까, 연결과 접속을 위한 해양적 상상력이 지구적인 차원에서 전개될 때, 상호 의존적 삶을 모색할 수 있다는 것이다.

---

11 1991년 12월 6일 (주)대봉 3층에서 투신한 고무노동자 권미경 열사의 죽음은 당대 부산의 고무공업의 현실과 노동운동의 절박한 상황을 글로컬의 위치에서 바라보도록 만든다. 이와 관련해서는 추후 과제로 남겨둔다.

김만석
편집위원, 문학평론가
geosubject@gmail.com

♪ 소설

떠오르다 가라앉다 지나가다

배이유

2024년 4월 18일, 몇 년 전에 읽었던 에두아르 르베의 『자화상』을 다시 읽으며 나도 모방을 해서 이런 형식의 글을 써볼까 하는 생각을 아침 8시쯤에 했다. 무작위로 하나씩 끄집어내어 기교 없이 써보기. 그러니까 나에 대한 작은 조각들을 잘게 잘게 찢어 붙여 하나의 모자이크식, 혹은 점묘법의 형상이 되게 하듯. 『자화상』의 첫 문장은 이렇다. 르베가 10대 때, "나는 『인생 사용법』이 사는 법을, 『자살 사용법』이 죽는 법을 가르쳐 줄 거라고 생각했다." 그리고 책의 마지막 문장은 "내 인생 최고의 날은 이미 지나갔을 수도 있다." 라고 끝맺는다. 나는 조르주 페렉의 『인생 사용법』을 이십여 년 전 '세계로' 병원에서 읽었다. 그때 오른쪽 목 부위를 손으로 만지면 조그만 종양처럼 만져지는 게 있었는데 의사가 암인 거 같다며 열어봐야 알 수 있다고 해서 수술을 받았다. 차가운 수술대 위에 누워 CT촬영 조영제가 몸속으로 들어올 때의 그 소름끼치던 느낌을 잊지 못한다. 일주일의 입원과 회복 후 면담한 담당의사는 뭔가 떳떳지 못한 듯한 표정을 완전히 숨기지는 못하며 목 부분에 염증이 생긴 거라고 말했다. 나는 때때로 내가 순진하다는 생각을 한다. 르베는 2007년 42세 때 『자살』이라는 원고를 출판사에 보내고 난 열흘 뒤 자살했다. 나는 성급하게 결정을 내리고 행동으로 옮긴 뒤 뒷날 후회한 적이 많다. 나는 내가 좀 더 칼같이 차갑고 단호한 성향이기를 원한다. 점점 나이들수록 내가 아주 좋아하는 색깔이나 옷에 대한 취향이 없어진다. 통화보다는 메시지가 편하다. 오해가 생기면 즉시 풀 생각을 하지 않는다. 푸는 방법을 모른다기보다 적극적으로 풀려고 시도하지 않는다. 어쩔 땐 지나치게 소심하다고 느낄 때도 있다. 아주 사소한 것에서 선택을 못 하고 갈팡질팡하는 경우가 있다. 그런 면에서 우유부단하다. 나는 스스로 평범하다는 생각을 할 때가 많다. 이런 사고의 소유자가 소설을 쓰려고 하다니. 설명을 생략한 채 단정적으로 말을 뱉어 때로 오해를 하게 만들기도 한다는 걸 안다. 말은 완전하지 않고 전달의 방식으로 구멍이 많다. 뱉어진 말보다 빙산 아래의 숨은 말에 관심이 간다. 마약의 하나로 분류되는 LSD

는 '새로운 방식으로 생각하게 만든다'[1]는, 즉 환각 상태의 효과를 준다고 하는데, 나는 마약을 복용하고 싶다는 생각을 한 적은 없지만 술과의 효용과 어떻게 다른지 궁금해한 적은 있다. 의식의 경계가 어떻게 저만치 물러나고 확장되는지 광란의 어지러운 조명들이 빙글빙글 회전하는 두뇌 속 공간을 상상한 적은 있다. 나는, 나체주의자의 장례식에 참석한 적이 없다는 르베의 문장에 즉각 벌거벗은 맨몸의 장례객들을 떠올린다. 왠지 빈소를 어슬렁거리는 굼뜬 짐승의 동작이 떠오른다. 죽은 자가 나체주의자라면, 손님들도 나체주의자만 오는가. 문상객은 모두 옷을 벗고 가서 헌화해야 하는지, 아니면 옷을 입고 가서 별도의 방에 가 완전한 탈의를 하고서 차례대로 흰 국화 한 송이를 관 위에 놓는지. 제단의 영정 앞에 고개를 숙여 향에 불을 붙이고 엎드려 두 번의 절을 하고 공손히 부의금을 함에 넣는다? 나는 젊었을 때 유독 손과 발과 겨드랑이에 땀이 많이 나 불편하고 민망했다. 어릴 때 피아노를 치고 나면 건반에 물이 흥건히 고인 적이 있어, 끊임없이 물을 만들어 내는 공장이 몸 안에 있다고 생각한 적도 있다. 내가 고등학교를 다니던 시절 별명이 '나비'라는 30대의 국어 선생님이 있었다. 항상 넥타이에 연갈색 계통의 양복 정장을 입었는데, 날렵한 몸매로 복도를

---

1   메리 루풀의 『가장 별난 것』

걷는 걸음걸이와 손짓이 정말 나비처럼 가볍고 우아했다. 그가 섬세하고 가는 손으로 분필로 글을 쓰고 나면 손이 남긴 물자국이 초록색 칠판에 검게 선명하게 남았었다. 그는 수업 중에 수시로 손수건을 꺼내 손을 닦기도 했다. 나는 정치에서 진보라는 말을 믿지 않는다. 이 땅에서 한 번도 정의가 실현된 적은 없다고 생각한다. 정의 구현이라는 말은 결코 정의가 실현되었던 적이 없기에 그처럼 상투적으로 쓰이는지도 모른다. 나는 허기져서 속이 텅 비었을 때의 꼬르륵거리는 느낌을 좋아한다. 나는 살아오면서 누군가에게 존경이라는 말을 거의 써본 적이 없다. 존경의 대상은 아주 높고 먼 위치에 놓여 있다고 생각하기 때문이다. 높다는 건 지위나 권위와는 상관이 없다. 글을 쓸 때는 피아노 소리든 바이올린 선율이든 음악이 방해가 된다. 어릴 때 수정동 이웃집의 주둥이 검은 셰퍼드한테 허벅지를 물린 적이 있다. 허벅지의 뚜렷한 이빨 자국 위에 이웃집 아저씨가 그 개의 몸뚱이에서 갈색 털을 한움큼 가위로 잘라 상처에 붙여주며, 이렇게 해야 광견병에 걸리지 않는다고 말했다. 도로에서 계단으로 내려와 개천이 흐르던 밤의 어두운 골목길에서 내 발바닥에 물컹 밟히는 느낌과 동시에 나는 외마디 비명을 질렀다. 발등에 강한 통증이 감전되듯 지나가며 동시에 찍찍거리는 소리가 났다. 바로 그 계단 밑 골목길 초입에 있던 거의 문을 열어놓고 살던 집에서, 머리를 양갈래로 길게 땋은 '다 큰 처녀'라 불렸던 한창 나와 나이 차이가 나던 언니가 번개같이 나와서 이렇게 소리쳤다. 천석군, 만석군이야! 놀라서 울고 있는 내게 아이코, 쥐한테 물렸을 땐, 바로 천석군, 만석군! 하고 외쳐야 부자로 잘 산다고 하는데, 지금이라도 안 늦었다, 큰 소리로 천석군 만석군 하고 말해라. 나는 오래된 물건들, 잡동사니들, 하등 쓸모없고 쓸 일이 없을 것 같은 물건이나 옷들을 잘 버리지 못한다. 분기별로 옷이나 소지품들을 정리해서 싹 갖다버리는 H한테 놀랄 때가 있다. 그 미련 없음이 내게 없는 명쾌함으로 보인다. 나는 이성적이거나 논리적이지 않다. 나는 '직관적 통찰'이라는 말을 좋아한다. 참신한 자유, 참신한 영혼이라는 무질의 말이 좋다. 마치 청경채 같은 푸른 잎 샐러드 위에 뿌려진 올리브오일과 살구식초의 조합처럼 참신에는 상큼과 산뜻의 성분이 들어 있다. 참신의 참과 영어의 Charm은 한 나무의 같은 뿌리처럼 느껴진다. 소문난 맛집을 찾아가서 길게 줄을 서서 기다리는 일은 하지 않는다. 어릴 때 나는 양손잡이였다. 그보다 더 어릴 때는 왼손잡이였다. 특히 밥상머리에서 왼손을 사용하면 아버지가 손등을 숟가락으로 톡 때리면서 '제비, 제비(잽이)'하거나 또, 또, 하며 왼손을 못 쓰게 했다. 밥먹을 때 왼손을 사용하는 것이 몹시 잘못된 것임을 아버지는 강박적으로 인지시켰다. 나의 어린 시절 한때에 등장했다 퇴장한, 엄마보다 서너 살 아래인, 숏컷이 잘 어울렸던 유난히 피부가 희고 뽀얗던, 팔에 검은 솜털이 매력적이었던 엄마 친구를 기억한다. 나는 자동차 운전을 그리 즐기지 않는다. 운전해서 거주지 주변을 벗어나 멀리 가는 것에 두려움을 가지고 있다. 개는 저를 물지 않아요. 사람이 물죠. Dogs never bite me. Just humans. 마릴린 먼로의 말을 K의 카톡 프로필에서 보았다. 아침 산책 중에 들리는 한 마리의 명랑한 새 소리는 그날 하루를 기분 좋게 시작하게 한다. 보통 덩치가 작은 새일수록 목청이 아름답다. 하얀 석필을 땅에 묻고서 깨금발로 폴짝폴짝 뛰어 흙을 밟으며 금이 되어라, 는 말과 함께 침을 뱉고 오줌을 누고 백(100) 밤, 아니 천 밤을 자면 석필이 금이 되어 있을 거라고 했다. 오줌을 눌 때마다 돌이 자라 금덩이로 변한다고 했다. 남자애들은 일부러 거기에다 나무에 물을 주듯이 침을 뱉고 오줌을 누곤 깨금발을 뛰었다. 우리는 그 주문이 거짓이라고 의심하면서도 마당에 석필을 묻은 아이의 집에 들러 돌이 얼마나 자랐을까, 하고 흙 속을 열어보고 싶었던 적이 있었다. 중학교 때 키 크고 마른, 안경 낀 반 아이가 학기 초에 나한테 관심 있다고 사귀고 싶다는 고백을 했다. 그 뒤로 나는 그 애 앞에서 자연스러웠던 행동이 부자연스러워지고 행동 하나하나를 의식하다 보니 그 애한테 더는 가까이 다가갈 수 없었다. 결국 같은 반이었던 일 년 내내 그 말을 지나치게 의식한 내가 나를 거울처럼 의식해서 더는 가까워지지 못했다.

결혼하고 딸아이가 다섯 살 때 독일 작가의 소설을 각색해서 그 작품을 처음으로 연극 무대에 올렸다. 불가능할 것 같았던 계획을 무모한 의지로 밀고 나갔다. 그것은 창단 공연이었던 동시에 마지막 연극 작업이 되었다. 그 후로 내 안에 남아 있던 연극에 대한 불씨를 완전히 꺼버렸다. 공연을 막 끝내고 분장을 지우지 않은 내게 딸아이가 꽃다발을 건네던 초롱초롱한 눈을 기억한다. 배우보다 연출자로서의 나를 발견했던 시기가 있었다. 나는 서른아홉 살 때 절망의 가장 밑바닥까지 내려간 적이 있다. 여러 가지의 죽을 방법을 생각했고, 죽음을 실현하고 싶은 강렬한 충동에 휩싸였다. 10층 베란다 밖으로 뛰어내리기, 고속도로에서 자동차를 몰고 가다 운전대의 방향 각도를 틀어 난간 외벽에 처박기. 눈 감으면 찰나였다. 정신 차려! 죽음이 바로 3초 사이에 놓였던 아찔한 순간에 그 충동을 억제하려 했던 이성도 한편에 있었다. 끌려가려는 충동의 한끝을 안간힘을 쓰며 붙잡았다. 예전에 나는 타인한테 관대하고 나한테는 자학적인 가혹함이 있었다. 20대 때 손톱에 초록색 매니큐어를 바르고 다녔다. 지금은 하지 않는 아주 큰, 내 귀보다 더 큰 링 귀걸이를 했다. 20대 초반에 검은 담비털 같은 온통 검은 투피스 상의 중앙에 눈동자와 꼬리까지 완전한 형체의 레오파드가 자리 잡고 있는 옷을 멋있다며 입고 다닌 적이 있다. 모든 언론 매체가 똑같은 관점으로 똑같은 뉴스를 일시에 쏟아낼 때

숨이 막히고 징그럽다. 인생에서 내 의지로 한, 한때 절친이었던 관계의 절연은 3번 정도 된다. 유튜브로 자주 틀어놓는 음악은 쉰베르크의 〈정화된 밤〉이다. 한때 고급지고 성능 좋은 스피커가 설치된 나만의 음악 감상실을 갈망한 적이 있다. 영화를 보고 나면 아무리 좋은 영화라도 시간이 흐르면 내용은 다 잊어버리고 한 장면 정도만 내 머릿속에 살아남는다. 심지어는 그 한 장면조차도 기억에 없다. 영화 줄거리를 줄줄 얘기하거나 기억하는 사람을 보면 신기하게 생각된다. 코로나19의 팬데믹은 잘 기획된 전 세계적, 국가적 사업의 확장판이었다고 생각한다. 여고 때 독일어를 배웠고, 결혼 초에 두 달간 러시아어를 배우러 다녔다. 희한하게 러시아 단어가 한 번만 들어도 잘 외워져 신기해했던 적이 있다. 몸에 붙는다는 느낌. 러시아어 수강자가 결국 나 혼자밖에 없어 폐강을 알리던 반곱슬머리의 남자 선생이 어학에 소질이 있다며 계속 공부해보라고 했다. 나 혼자만 있는 빈 수강실에서 선생이 테스트하기 위해 나에게 인터뷰하듯 열 몇 개의 문제를 냈고, 나는 다 맞혔던 것이다. 그런데 육아 때문에라도 더 하지 못했고, 의지도 꺾여버렸다. 독일어나 러시아어가 재미있었는데 더 깊게 나아가지 않은 걸 약간 후회한다. 술을 먹고 완전히 필름이 끊긴 적은 세 번 있다. 뒷날 아침에 눈을 떴을 때 내 안의 오염 물질, 불순물이 다 씻겨 나간 듯한 맑고 순수한 상태, 뭐라 말로 표현할 수 없는 정화된 느낌을 가진 적이 있다. 그런 경험으로 깨달은 건 주위에 믿을 만한 사람(들)이 있을 때 의식하지 못한 무의식 속에서 안심을 하고 의식의 암전 상태가 온다는 것. 이젠 술을 잘 못하기도 하지만 더 이상 놓아 버리는 상태는 없으리라 단정한다. 오래전, 결혼해서 수정동 산복도로의 이층집에 세 들어 살 때 극단에서 만났던 오 년 아래인 후배가 놀러와 책상 옆으로 쌓아놓은 책을 들여다보며 자기가 고른 두 개의 책 중 하나를 빌려달라고 했다. 하나는 레몽 장의 『책 읽어주는 여자』였고 다른 하나는 나브코프의 『로리타』였다. 무엇을 내줄까 망설이다 로리타(?)를 줬더니, 후배는 왜 이 책을 권하는지 물었다. 이유를 둘러댔지만 내심 나는 '책 읽어주는 여자'(?)를 더 아꼈던 거 같고, 후배도 책 읽어주는 여자를 더 원했던 것 같았다. 책이 되돌아오지 않으리라는 걸 예감했던 걸까. 결국 그 책은 내게 돌아오지 않았다. 세월이 흘러 이제 빌려준 것이 로리타였는지 책 읽어주는 여자였는지조차 분명치 않은 책의 행방이, 소식이 끊긴 후배와 함께 생각날 때가 있다. 고양이가 활짝 웃는 걸 본 적이 있다. 얕은 연못 주위를 탐색하던 도둑고양이가 뜰채처럼 앞발로 금붕어 한 마리를 건져서 먹고는 만족한 표정으로 얼굴 전체가 웃었다. 독서를 할 때 항상 샤프펜슬을 들고 인상적인 문장이나 장면에 밑줄을 긋거나 노트에 옮겨 적는다. 요즘은 한 권의 책을 빨리 읽고 끝내기보다 여러 권의 책을 손이

가는 대로 돌아가며 여러 파트로 나눠 읽는다. 이런 독서법은 서로 다른 목소리를 들을 수 있어 좋다. 무질의 『특성 없는 남자』는 미완성의 소설로 쉽게 읽히는 책이 아니기도 하지만 해설을 포함해 천 페이지가 넘는 두께를 가지고 있다. 기존에 나와 있던 세 권의 책 분량을 하나로 묶은 것이다. 하루에 1장, 아니면 몇 페이지를 읽거나 혹은 며칠씩 건너뛸 때도 있지만 몇 달째 보고 있다. 지금은 839쪽을 읽는다. 다양한 인물들의 어지러운, 야심 찬 사상과 사유들을 다 소화하지 못하면서 읽고 있다. 그런데도 재미가 있다. 사유를 풀어내는 묘사와 비유에 감탄한다. 69라는 숫자에서 특이한 체위의 자세를 연상한다. 이십여 년 전 아버지는, 자신의 은색 롤렉스 시계를 대구의 어떤 골목, 어떤 곳에다 팔려고 찾아갔다가 젊은 남자 업주가 기대치 이하로 값을 후려치는 바람에 실망해서 팔지 않고 돌아온 적이 있다. 20대에 수녀 생활에 관심을 가졌고, 수녀가 되고 싶었던 적도 있었다. 그 행위는 오롯이 하나를 향한 진리에의 열망이라고 생각했다. 이런 생각의 계기에 다른 이유도 있었지만 이면에 시몬 베유의 그림자가 어른거렸음을 인정한다. '신을 기다리며', '중력과 은총', '불꽃의 여자'라는 말이 이어 연상된다. 채찍질, 거친 섬유의 옷 한 벌, 아무 장식 없는 좁은 방, 딱딱한 나무 침대, 기도, 명상 등. 내가 어떤 인간인지 몰라 방황하던 때다. 시몬 베유에 대해 검색해서 맥락없이 한 문장을 가져온다. "시몬 베유는 진정한 의미에서 천재적인 작품에는 고도의 정신이 요구되며 엄격한 내면의 순화를 거치지 않으면 완전한 표현에 이를 수 없다고 굳게 믿었다." 오 하나님! 남들 다 아메리카노를 마실 때 아주 작은 잔의 에스프레소만 주문해서 조금씩 음미하는 남자를 본 적이 있다. 그 쓴맛의 연상에 내 입에 쓴 기운이 돌았다. 그는 우울증을 앓았다고 과거형으로 털어내듯 말했지만, 나는 여전히 그 기운의 여파를 감지했다. 쾌활한 농담을 던지던 그는 그로부터 뻗어나온 잔뿌리가 여전히 우울한 기운의 대야에 잠겨 있다고 나는 느꼈다. 지금 나는 나한테 턱없는 환상을 품지 않는다. 소설가는, 사람과 사물에게서 피상성이라는 첫 꺼풀을 벗겨내며 쓰는 사람, 이라는 리스펙토르의 견해에 공감한다. 글을 쓰는 순간에는 적어도 내가 나 자신에 속해 있다고 느낀다는 말도. 20대 초반 모르몬교를 가진 큰 덩치의 미국인에게서 영어회화 수업을 잠시 받은 적이 있다. 눈에 띄는 몽고반점 같은 자주색 타원형 무늬를 왼팔에 지니고 있었다. 사람들이 그의 왼팔에 주목하면 그는 대수롭지 않은 표정으로 "birthmark!"라고 말했다. 그는 수업 중에 권태로운 표정과 호기심 어린 표정을 번갈아가며 지었다. 두 명의 수강생과 함께 부산역 뒤편 부둣가 주변 주로 외국 선원들이 간다는 식담 겸 술집인 클럽에 가서 그가 사주는 피자를 처음 먹은 적이 있다. 선창 모양의 가게 창밖으로 스며나오던 오렌지

불빛의 따스한 질감과 희미한 가로등 아래를 지나 어두운 터널을 걸어나올 때, 외롭지 않냐고 물었던 내 말이 터널 벽에 가닿던 공명음을 기억한다. 왠지 그 말은 아직도 터널 안에 남아 천장 벽을 울리며 메아리처럼 떠돌고 있을 것만 같다. Are you lonely… Are you lonely…. 얼마 전까지만 해도 내 몸이 음악에 맞춰 리듬을 잘 탄다고 생각했다. 자연적으로 몸에 밴 감각이 있다고 믿었다. 김수철의 불림소리 〈행로〉를 차 안에서 우연히 들었을 때 심장이 쿵쿵 울리며 가슴이 벅차오른 적이 있다. 평소 자연스럽게 쓰던 단어가 지극히 낯설고 이상하게 느껴져, 사전을 찾아 확인을 한 뒤에도 사용하기가 주저될 때가 있다. 금붕어 아이큐가 3이라는 근거가 어디서 나왔는지는 모르겠지만, 금붕어가 낚싯바늘의 미끼를 물려다 죽을 뻔했던 기억을 잊고 바로 3초 뒤에 또 그 미끼를 물려는 데서 유래한 게 아닌가. 내가 꼭 금붕어 같다. 요즘은 조금 전까지도 떠올렸던 단어나 이름을 곧잘 잊어버린다. 입 안에서만 잡힐 듯 맴돌던 희미한 이름이 한 시간 혹은 한참이 지나서야 겨우 떠올릴 때가 많다. 선택적 망각증이 좋은 점도 있다. 타인이 내게 던지는 말들이나 상황이 오래 내 머릿속을 차지하지 않는다. "오늘날 누구나 작가라고 칭하지만 책을 읽는 사람은 드물지요. 일 년에 얼마나 많은 책들이 인쇄되는지 들어본 적 있습니까, 장군? 내 기억이 맞다면 독일에서는 하루에 백 권 넘게 출판된다고

합니다. 매년 천 개가 넘는 잡지도 새로 창간되지요! 모두가 작가입니다. 모든 사람이 다른 사람의 생각을 자기 것인 양 이용하지요."라고『특성 없는 남자』에서 아른하임은 말했다. 다섯 살 때 나보다 네 살 아래인 동생이 탄생되는 순간을 목격한 적이 있다. 젊은 엄마는 감색 옷을 입고서 땀을 흘리며 고통에 겨운 신음 소리를 내며 누워 있고 산파는 힘을 줘, 힘을 더 줘, 하며 엄마의 아래를 들여다보는 뒷모습을. 그때 진해의 일본식 집에서 아가씨였던 고모와 같이 살았다. 가운데 미닫이문으로 한 공간인 다다미 방을 두 개로 나눠 사용했던 것 같다. 아기가 나올 때가 다 되자 산파는 고모와 나를 방문 밖으로 쫓았다고 유추된다. 아이가 나올 무렵 고모가 방문을 살짝 열고서 안을 들여다보는 그 아래 열린 틈으로 나도 훔쳐보았다. 산파가 아기를 받아들 때의 장면이 어둠 속 불빛이 그린 원무리처럼 그 부분이 도드라져 선명하게 보인다. 마치 어제 일처럼. 마음에 드는 책은 시간을 두고 서너 번 반복해서 읽는 것을 좋아한다. 맑은 날 한낮에 하늘을 지나가는 비행기 소리는 어릴 때나 지금이나 변하지 않았다. 그 소리에 향수가 배어 있다. 중학교 일학년 때 이광수의『흙』,『무정』을 읽으며 빨강머리 앤에서 탈피해 비로소 어른들의 세계에 진입한 거 같았다.『제인 에어』를 읽으며 앞서 읽어온 책들과는 다른 비로소 '문학이 이런 거구나' 하는 복잡한 감동을 느꼈다. 초등학교를 졸업할 무렵 거의 매일같이 들르던 만화방에서 완전히 발을 끊었다. 더이상 연재될 뒷부분이 궁금하지 않았다. 중학생이 되면 좀더 고상해져야 한다고 생각했다. 초등학교 때 집에 책을 팔러온 세일즈맨이 엄마에게 보여주던 한국문학전집 팸플릿을, 내가 끼어들어 살피며 『메밀꽃 필 무렵』을 읽고 싶다고말했더니 책장수는 대뜸, 이런 건 어른이 돼서 보는 거야, 라고 단정적으로 금지하던 말이 떠오른다. 그 남자의 뒷말은기억에 없지만 아마 대백과사전 같은 걸 권하지 않았을까.

30대 초반 내가 만든 연극을 무대에 올리고 싶어 하던 야망(?)이 끓어오를 무렵, 동해안 별신굿을 한다는 기사를 보고지금은 소식을 모르는 한 친구와 함께 시외버스를 타고 '대변'을 간 적이 있다. 그때 '대변'이란 곳은 지명도 생소했지만 상당히 멀리 떨어진 벽촌 같은 곳이었다. 거기서 숏컷의멋진 여성을 만난 적이 있다. 그 역시 기사에 난 풍어제를 보기 위해서 찾아온 것. 아마 인연은 시외버스 안에서부터였을것이다. 거기서 우연히 만나, 20년이 넘는 나이 차가 느껴지지 않을 정도로 우정을 나누었다. 그녀는 몇 번의 전시회를연 화가였다. 나의 연극을 지지하고 지원해준. 우여곡절 끝에 창단 공연을 마치고 나는 달팽이집에 틀어박혀 내가 감내하며 새긴 온갖 불협화음의 상처를 핥아내느라 정작 고맙다는 인사도 제대로 하지 못했다. 오해를 풀거나 이해를 구하지도 못한 채 선생님의 부름에 묵묵부답으로 회피하며 시간이 흘렀다. 사람들한테 질려 있던 그때 나는 마음의 여유가 없었다. 답답할 정도로 말을 아끼던 내게 그녀는 전화로 내 안에 숨겨진 핵심을 건드려 드러냈다. 글을 써봐. 신문에 난 그분의 전시회 소식을 보기도 했었다. 아, 그때, 내가 한 아름의 꽃다발을 안고 찾아가 축하 인사도 하고 밥이라도 한 끼 나누었더라면 내게 이런 회한이 남진 않으리라. 살아 계시기라도 하는지 궁금하다. 어느 순간 무대를 장악하는 연출이 배우만큼, 아니 보다 더 매력적으로 다가왔다. 내 손이 못생겨서 희고 가는 섬세한 손에 대한 로망이 있다. 고모들은 얼굴과 달리 남자같이 크고 힘줄이 도드라진 야생적인 손을 가졌다. 어릴 때 진해의 신흥동 관사에서 살 때 집집마다 처마에 매달려 있던 그네가 생각난다. 간밤에 산에서 호랑이가 내려와 마당에 발자국이 찍혀 있다는, 혹은 새벽에 연탄불을 갈러 나왔다가 어둠 속에서 불을 켠 호랑이의 번쩍거리는 큰 눈과 마주쳤다는 마을 할머니의 심상한 말도, 진달래를 따러 산에 가면 문둥이가 숨어 있다 아이들을 잡아 간을 빼 먹는다며 함부로 산에 가지 말라는 말도 들었다. 나는 동네 오빠와 언니들을 따라 풀숲을 헤치며 산을 갔던 기억이 있다. 마을에 한 번씩 나타나 떠돌아다니는 개처럼 짓궂은 아이들한테 돌팔매질을 당하던 무방비의 미친 여자가 있었다. 진해라는 장소는 내게 문자를 깨치기 전의 세계다. 불교신자도 아니면서 해마다 사월초파일이 되면 연례

행사처럼 식구끼리 절에 가서 비빔밥을 먹는다. 나는 분홍색 옷을 거의 입지 않는다. 평상시와 크게 달라진 건 없는데도 오랫동안 변화가 없던 몸무게가 요 몇 달 사이 오 킬로그램이나 늘었다. 개를 데리고 애견 카페를 간 적이 있다. 나는 알면서도 모른 척할 때가 종종 있다. 남들도 그럴 것이다. 20대에 사랑을 잃고 죽고 싶었던 적이 있었다. 뱃전에 부딪치는 물결과 반사되는 햇빛이 기억난다. 온몸이 들썩거리며 엉덩이가 아플 정도로 요동을 치는 모터보트를 타고 거센 물살을 가르며 쾌속으로 낙동강 수로를 따라 달려본 적이 있다. 고등학교, 하면 수용소를 떠올린다. 수용소에 갇힌 거와 같았다. 똑같은 검정 교복을 입고 실내화인 남자용 검정 고무신을 신고 나무로 된 복도를 오가며 늦은 밤까지 의자에 붙잡혀 있었다. 어서 빨리 졸업해 탈출하고 싶은 생각뿐이었다. 대학을 가기 위해 거치는 일련의 과정이 낭비같이 여겨졌다. 부조리한 냄비 안에서 익기 위해 들볶이는 음식 재료들 같았다. 고등학교의 교화는 목련이었고, 대학교는 수련이었다. 결혼하면서 한 번 집을 소유했고 총 8번의 거주지를 옮겨 다녔다. 15년째 현재의 임대아파트에서 살고 있다. 어느새 '순리'만큼 인생에 강한 물결은 없다는 걸 알게 된 나이에 이르렀다. 어릴 때는 초록 띠로 이어지던 시골의 인적 없는 층층이 고랑을 이루던 부추밭이 그렇게 넓어 보이고 비밀스러워 보였다. 시골 기와집에는 겉보기에도 깐깐

해 보이는 안경 낀 할아버지가 마루에서 마당을 내려다보고, 마당 한쪽에는 닭들이 모이를 주워 먹고 담벼락 곁에는 아직 익지 않은 연둣빛 포도송이를 달고 있는 포도나무가 있었다. 젊었던 삼촌과 또래 몇과 사랑채에 세들어 사는 총각이 논둑길 어디선가 잡아온 뱀을 먹겠다며 우물가에 모여 꿈틀거리는 몸뚱이에서 껍질을 벗겨내기도 했다. 그때는 둠벙이나 논이나 풀숲 어디서나 뱀이 많이 눈에 띄었다. 어릴 때는 수정동과 초량동에 걸쳐 살았는데 수정동 쪽에 살 때는 '은하탕'을 초량동에서는 '천수탕'을 이용했다. 중앙갈빗집이 있는 길에서 보면 그 당시 10층 높이를 자랑했던 신동빌딩이 제일 크고 높은 건물이었다. 갈빗집 도로에서 골목으로 들어가면 주택가가 나오는데 제비표 페인트 사장집이라고 불리는 집과 높은 담 하나를 두고 살았다. 그 집은 내내 철문이 굳게 닫혀 있어 안을 볼 수가 없었다. 다방구나 시차기를 하고 놀던 주택가 골목길들이 없어지고 지금은 크고 높은 아파트가 들어서서 옛 흔적은 사라지고 없다. 얼마 전 그곳을 차를 타고 지나가다 가슴이 풀썩 내려앉은 적이 있다. 예전에 그리 당당해 보이던 신동빌딩만 위축된 듯 아주 작게 남아 있었다. 초등학교 때 외국 여행은 꿈도 꿀 수 없었던, 김찬삼 세계여행기가 유일해서 주목받던 시절 세계 일주를 하는 게 꿈이라고 말했다가 반 아이들이 와르르 웃음을 터트렸다. 중학교 국어 시간에 꿈이나 직업에 대한 질문에 내가 배우가 되고 싶다고 말해 아이들이 웃자, 선생님이 웃음을 제지하며 더스틴 호프만 같은 몇몇 배우의 이름을 대며, '개성 있는'에 방점을 찍어 말했다. 중학교 이 학년 때 국군아저씨한테 위문편지를 쓴 기억이 있는데 담임인 국사선생이 내 편지만 톡 집어내어 입가에 실실 미소를 지어가며 반 아이들 앞에서 읽어준 적이 있다. 초등학교 때 아이들 앞에서 말하기를 즐겼는데, 재밌게 하려고 과장되게 부풀리고 싶어 한 것을 기억한다. 초등학교 고학년 때 주로 오락 시간이 되면 아이들이 나를 지목해 즉흥적으로 내가 사회를 보며 진행을 맡았다. 6학년 때 누런 '시험지' 여러 장을 반으로 접어 책같이 만들어 짧은 소설 같은 것을 썼는데 선생님이 읽어주고 아이들이 재밌게 들어준 적이 있다. 다 읽고 나서 어떤 부분이 과장되어 있다고 선생님은 말했고, 나는 즉각 그 부분을 이해했다. 어릴 때 끝말잇기 놀이와 코바늘과 대바늘 뜨개질을 했다. 중학교 일, 이 학년까지는 외향적 인간이었고 그 이후로 점점 안으로 향하는 내성적 성향으로 변해갔다. 중학교 때 남들은 알 수 없었을 내 안의 오만함이 나를 둘러쌌다. 12살 때 이웃집 중학생 오빠를 좋아했는데 골목길 그 집 대문 앞을 지나갈 때면 일부러 큰 소리로 친구 이름을 부르거나 내가 있다는 걸 티 나게 했다. 육학년 때 한 살 위인 옆집 명희언니와 크게 싸운 적이 있다. 언니는 내가 거짓말을 했다며 따졌고 나는 그게 아니라며 반박하면서 서로 말로 치고받다가 급기야 말문이 막힌 언니가 엉엉 소리 내어 울어버렸다. 언니엄마가 면전에서 나를 꾸짖지는 못하고, 동생한테 지냐며 언니를 나무라다가, 쪼끄만 기 못됐다고, 나를 보며 말한 적이 있다. 그러다 시간이 지나면 아무렇지 않게 어울려 놀았다. 아니 내가 미안하다고 나중에 사과해서 언니를 달랬을 것이다. 그 뒤로 너는 초등학생, 나는 중학생, 하며 언니는 선을 그었던 거 같다. 이 부분은 정확하지 않다. 우리집이 광안리로 이사하게 되면서 명희언니와는 소식이 끊겨 버렸다. 우연히 같은 고등학교라 복도에서 마주쳤는데 그때는 서로 달라져 어색하게 인사만 하거나 부자연스러움이 싫어 피해 다녔다. 몇 년 후 언니의 소식을 들었는데, 교대를 졸업하고 첫 발령지로 간 지방의 초등학교 근처 숙소에서 자다가 연탄가스 중독으로 죽었다고 했다. 중학교 때 박계형의 『머무르고 싶었던 순간들』을 반에서 돌려가며 읽었다. 주인 없는 책은 손때로 얼룩져 책장이 너덜거렸다. 아마 그 책은 지금의 웹소설에 해당되지 않을까. 가려진 의미나 진실이 어느 찰나, 가령 이른 아침 잠에서 깨어날 무렵 번갯불이 켜지듯 저절로 알아질 때가 있다. 한때 친했던 관계가 시간의 작용으로 모르는 사람이 되어가는 과정은 자연스럽다. 고정된 내가 아니듯 상대도 흐르는 존재니까. 바이올린과 콘트라베이스로 연주하는 아리랑이 새삼 슬픈 곡임을 느끼게 한다. 이 글을 쓰면서 기억은 결코 사라지는 게 아니라는 걸 각별하게 깨닫는다. 머릿속 서랍이나 창고 같은 데 칸칸이 꽁꽁 넣어져 있다가 어떤 계기로 그 문이 열리면 미친 듯이 기억이 깨어난다. 읍내에 있던 외갓집은 기와담을 두른 잘 가꾼 넓은 마당이 있었다. 대문 가까이 골목길 담과 면한 사랑채에 외할머니의 팔순이 넘은 어머니가 계셨다. 해수병이 있어 늘 가래 끓는 소리와 기침 소리가 그 방에서 들려왔다. 그때는 정말 꼬부랑 할머니라고 느꼈다. 방에는 늘 요강이 있었다. 볕 좋은 날에는 방문을 활짝 열어놓고 마당 쪽이나 골목길 쪽으로 내다보았다. 왕할머니는 방에 앉아 곰방대에 담뱃잎을 재워 넣어 연기를 뿜어내며 마루 쪽으로 얼굴을 내밀고 방 밖으로 난 툇마루에 외할머니와 찬모 일을 봐주던 친척 이모랑 세 여인들이 주거니 받거니 이야기를 하곤 했다. 풍채 좋은 호쾌한 성격의 외할머니가 박수를 치며 크게 웃던 생각이 난다. 왕할머니가 내게 해주던 이야기 한 토막도. 친척 누구누구 이름을 대면서 걔가 지 에미한테 지가 원하던 걸 해달라고 떼를 쓰다 안 되니까, 급기야 비닐에 싸인 청산가리를 입안에 털어 넣는 시늉을 하면서 에미 앞에서 내 소원 안 들어주면 나, 이거 먹고 팍 죽는다, 진짜 죽는다 하다가 그게 진짜로 목구멍으로 넘어가 뱃속에서 비닐이 녹으며 죽었다는 것이다. 할머니는 혀를 차면서 말했다. 글쎄 그 어리석은 놈이 죽으려던 것이 아니었는데, 진짜 어이없게 죽어버렸지. 외할

아버지는 검지와 중지를 길게 펴 소금을 묻혀 이를 닦곤 했다. 이 시점에 외갓집의 마당과 ㄱ자형 기왓집의 정경과 그 안에서 움직이던 사람들의 모습이 너무 생생해 아버지가 돌아가신 뒤로 연락한 적이 없는 이모한테 전화를 걸었다. 놀라면서 반갑게 통화하던 이모와 주변 사람들의 근황을 묻고 내가 알고 있는 기억 속 풍경이 맞는지 확인했다. 이모는 내가 전혀 기억하지 못하는 얘기를 했다. 서로 모이면 가끔 네 얘기를 해. 놀고 있겠지 했는데, 어느 순간 애가 없어. 5살 때 그 쪼그만 게 그 험하고 사나운 길을 걸어 혼자서 수랑골 (친)할아버지집을 찾아갔다며, 어떻게 거기를 가니, 그 어린게, 지금도 신기해. 전화를 끊고서, 지금 내가 발을 딛고 있는 공간과 주변이 얼마나 소중한지 돌아보게 되었다. 한때 같이 한 공간에서 호흡하며 부대끼며 가깝게 살았던 사람들, 친척들 모두 소식이 뜸하거나 모르는 채로 살고 있지만 각자 자신의 삶을 소중하게 가꿔왔다는 걸 알겠다. 장삼이사(長三李四)지만 각자는 특별한. 모든 장삼이사들이여 만세! 내가 태어난 고향 마을은 집성촌이라 주위가 전부 친척집이었다. 나는 또래거나 나보다 큰 삼촌, 고모, 사촌, 오촌 등 친척들과 어울려 논 셈이다. 방학 때면 할아버지댁에 가 있곤 했는데 큰엄마는 나를 읍내 계모임에도 데려가기도 했다. 외출할 때면 한복치마를 입고서 좌우로 살랑살랑 걷던 큰엄마의 특이한 걸음걸이가 생각난다. 서 있는 그 자리에서 그대로 옷을 벗어둔 채 외출을 했다. 뱀이 허물 벗듯, 혹은 똬리를 틀 듯 몸만 쏙 빠져나간 허물만 남겨두고서. 나는 한 달에 한 번 염색방에 가서 헤나 염색을 한다. 예전에는 운동화보다 구두를 선호했지만 이제는 거의 운동화만 신는다. 나라는 형상은 현재의 시간과 기억의 조합이다. 뒤라스의 『부영사』는 모호함으로 아름답다. 비어 있음, 부재不在로 빛난다. 대학교 일 학년 때 사귀었던 남자친구의 키가 180이라 나는 10센티미터가 넘는 굽의 구두를 신고 다녔다. 내 삶은 실패의 연속성 위에서 지금역只今驛에 도착했다. 나는 무수한 실패의 경험을 갖고 있다. 나는 골프를 해 본 적이 없다. 아마 앞으로도 시도할 일은 없을 것이다. 한때 힙합춤이나 탭댄스에 관심을 가진 적이 있다. 나의 문학콘서트에 내게 우호적이었거나 친했던 소식 모르는 남자들을 다 초대해보고 싶은 웃긴 생각을 한 적이 있다. 내 딸들은 책 읽는 것을 좋아하지 않는다. 책을 읽지 않는 삶이 나쁜 건 아니다. 읽지 않고도 살 수 있다면. 어릴 때는 엄마가 해주는 콩나물국, 감자국을 자주 먹고 좋아했다. 마름모꼴의 신맛나는 풀을 따서 먹기도 했고, 언덕에서 나는 하얀 삘기를 뽑아 껌처럼 씹기도 했다. 땅에 지천이었던 질경이를 뜯어 가면 할머니가 질경이 된장국을 끓여주기도 했다. 달구지가 지나는 길에 군데군데 소의 똥이 떨어져 있기도 했는데 쇠똥구리가 그 배설물을 둥글게 말아 저보다 큰 검은 경단을 가는 다리로 밀며 다녔다. 물이 찰랑거리는 논에서 움직이는 우렁을 잡았다. 우렁을 넣은 된장국에서 흙냄새가 나기도 했다. 논 바닥에 다닥다닥 붙어 있던 그 많던 우렁은 다 어디로 갔을까. 유년기에는 논과 들판, 언덕, 산, 골목 등 이 모든 게 막힌 데 없는 놀이터였다. '자유로움' 하면 이 공간들 속에서 보냈던 시절을 떠올릴 것이다. 나이가 드니 사람의 외모가 주는 특별함들이 점점 없어지는 거 같다. 내 옆모습은 왼쪽보다 오른쪽이 예쁘다. 젊었을 때는 정신만큼이나 외모에 집착했다. 아니 압도할 만한 미모를 갖고 싶었다. 대학교 때 서울의 유명한 감독 눈에 띌 만큼 예뻐 당시 화제를 모았던 영화의 주인공으로 발탁된 친구가 있었다. 그 소문이 알려지자 서울에서 온 학과장인 젊은 교수가 그 친구를 면담해서 적극적으로 배우가 되는 것을 말렸다. 그런 데가 어떤 덴줄 알고. 그 시대는 그랬다. 나는 그 친구한테 홀려 있었다. 눈, 코, 입, 그렇게 조화가 잘된 얼굴을 주변에서 본 적이 없었다. 크고 검은 눈도 촉촉하게 예뻤지만 앞과 옆에서 보면 콧날 선이 손댈 데 없이 고왔다. 잘생긴 친구와 같이 다니면서 내 외모에 대한 열등감을 가졌다. 얼굴 못지 않은 센스와 감수성, 당찬 오만함 등 또래에서 가질 수 없었던 아우라에 반해 한 시기, 그녀의 흑사탕 같은 연애사에 동참하며 변화무쌍한 감정을 가졌다. 내가 남자였다면 그 애를 애인으로 삼았을 것이다. 굽 높은 구두를 신은 내 발을 걱정하며 밤에 나를 업고서 차들이 지나가는 도로 옆의 포석 위를 걸었던 넓은 등과 크고 따뜻한 손의 남자애를 기억한다. 유행가를 흥얼거리던 삼촌 등에 업혀 논둑길을 가며 무수히 쏟아질 듯 별들이 총총 박혀 있던 밤하늘을 올려다보던 어릴 때의 나. 대학을 졸업하자마자 다녔던 수입 유통회사. 30대의 유부남인 과장이 우연을 가장해 같은 회사 직원이었던 나와 송도 해변을 몇 바퀴나 하릴없이 걷다가, 내가 늦었다며 집에 가고 싶다고 말하자 마침내 그는 목 안에서만 맴돌았던 것 같은 말을 뱉었다. 잠시 저기서 쉬었다 가자며 어느 여관을 가리켰다. 나는 쉬었다 가자는 의미가 무슨 말인지, 말 그대로 순수한 뜻인지 잠시 생각한 적이 있다. 회사는 연애할 자격이 없는 유부남들이 여기저기 집적대던 늑대들의 소굴이었다. 나는 몇 달 다니지 못하고 직장을 나와버렸다. 나는 말을 많이 하거나 아이스커피를 먹으면 코가 막히는 비염 증세가 있다. 각자의 침대에서 자다가 도중에 깨어 코를 고는 소리가 들리면 나는 남편을, 남편은 나를 흔들거나 얼굴의 각도를 바꾸어준다. 10살 무렵 초량동에 살 때 집에 도둑이 들어올 거란 것을 거의 하루 동안 내 몸이 먼저 감지한 적이 있다. 우리집은 이웃집도 물론이고 대문을 열어놓고 내남없이 드나들며 살았다. 밤늦은 시간이 아니면 대문을 잠그지 않았다. 유독 그날따라 아침부터 내게 생긴 원인을 알 수 없는 불안이 대문의 잠금장치에 눈이 가며 신경쓰게 만

들었다. 사람이 들고날 때마다 대문을 잠갔다. 타이피스트가 되려고 학원에 다니면서 직장을 구하기까지 우리집에 살았던 친척 언니가, 오늘따라 안 하던 짓 한다며 나를 별스럽게 여겼다. 저녁이 되자 몸과 마음은 점점 더 불안해지며 급기야 마지막 고비 때 나는 너무 무서워 대문 쪽으로 나가지도 못하고, 언니야 나가서 대문 좀 잠가라, 제발. 도둑놈 들어와도 난 몰라, 나는 거의 울 지경이 되었다. 언니는, 사람이 안에 있는데 누가 들어온단 말이고, 이러면서 안방문을 닫고 들어와 앉아버렸다. 안방에는 나와 동생들뿐이었다. 나는 방안에서 사시나무 떨듯 떨다가 이불을 덮어썼다. 그러고 한 이십 분쯤이 지났나, 쨍그랑 그릇 깨지는 소리가 났다. 부엌문으로 검은 그림자가 튀어나와 대문 밖으로 도망가던 뒷모습을 언니가 방문을 열자마자 목격했다. 정말 도둑이 들어와 주요 재산이었던 석유곤로를 훔쳐 갔던 것이다. 진짜 신기한 일이었다. 나는 어찌 그걸 먼저 알았을까. 그 외에 믿을 수 없는 수수께끼 같은 일이 살아오면서 몇 번 더 있었다. 그래서 나는 초자연적인 현상을 믿는다. 당대에 자기와 똑닮은 세 명의 사람이 지구상에 존재한다는 말을 들었다. 정말 나와 똑같은 사람이 있다면 어디에 있을까? 페루의 산간 지역? 또 어디? 상상한 적이 있다. 저학년 때 수정동 집에 계몽사와 금성출판사에서 나온 세계전래동화 같은 전집이 있었다. 도이취, 덴마크, 터키, 페르시아 등등, 황금색

하드커버에 찍힌 그 낯설고 신비로운 오톨도톨한 단어들. 나는 두레 밥상에 앉아서 숟가락질을 멈춘 채 책에 빠져들었다. 엄마가 상을 두드리며 채근하는 말도 들리지 않는 다른 세상에 들어가 있었다. 7살 이전까지는 전생의 기억을 갖고 있거나 무의식적 습관이 남아 있다는 말을 책에서 보았다. 학교에 들어가고 사회화되면서 사라진다고. 말보다 간절한 눈빛에 연민이 생겨 법학부 축제에 파트너로 따라간 적이 있다. 십 년 전만 해도 그림을 몹시 그리고 싶었지만 소설과 병행할 자신이 없어 시도하지 않았다. 지금은 그런 생각이 아예 없다. 요즘은 뭔가 생산적인 일을 하지 않아도 조용히 내 안에 잠겨 있는 게 좋다. 반찬을 제대로 해 먹으려면 시간이 많이 소요된다. '시간 아깝다'라는 생각이 들 때는 최소한의 시간으로 간단히 먹는다. 때때로 식구들한테 미안한 마음이 든다. 점점 빨간색이 어울리지 않는 거 같다. 정갈하지도 귀엽지도 않은 내 필체가 마음에 안 든다. 글씨는 줄에 맞추거나 칸 안에 있는 걸 싫어해서 어느새 줄 밖으로 나가 있다. 가끔 수제 햄버거나 버거킹 햄버거가 먹고 싶을 때가 있다. 2001년에 장편소설 『137개의 미로카드』를 출간한 김운하는 무려 18년이 지난 2019년에 『나는 나의 밤을 떠나지 않는다』라는 소설을 발표했다. 똑같은 제목으로 아니 에르노의 소설이 있다. 6살 때쯤 나는 열이 펄펄 끓어오른 채로 다다미방 위에 누워 있고 엄마와 아버지가 걱정스런 얼굴로 내 곁에 앉아 나를 보고 있는 풍경. 그때 그 자리에서 떠 있는 느낌으로 꿈인지 환각인지 모를 경계에서 본 장면이 몇십 년이 지나서도 잊히지 않는다. 극한 공포의 느낌과 함께. 모서리 벽 위 천장을 반 이상 덮는 커다란 사각처럼 뚱뚱한 단발머리 마녀가 차갑고 엄중한 눈으로 내려다보며 바로 곁에 호위무사처럼 있는 셰퍼드 만한 개미에게 큰소리로 명령을 했다. 어서 저 애를 잡아와라! 두 종류의 소설책이 있다. 쉽게 단숨에 읽히는 책과 쉽게 곁을 내주지 않는 책—단어 하나 문장 하나, 쉼표, 줄표, 사이, 여백 등 꼼꼼히 느리게 읽어야만 보이는— 두 번, 세 번, 여러 번 읽어서 더 아름다움이 발견되는 책. 연보라색 내 새끼손톱만한 작은 꽃, 땅에 아주 가까이 연약하게 붙어 있는 개불알꽃. 이름과 이미지의 불일치를 본다. 귀신같이 소매치기를 당한 경험이 있다. 두 번은 남포동과 광복동이었고 한 번은 공연 시작 전 사람들로 북적이던 시민회관 앞에서였다. 한번은 신분증이 든 지갑이 부산진시장 근처 쓰레기통에서 발견되어 내게 돌아왔다. 처음 보는 남자로부터 유혹을 받은 건 버스나 택시, 지하철 안에서였다. 대개 내가 어떤 생각에 빠져 바깥과 무관한 세계에 있을 때. 한마디로 멍 때릴 때. 내려서 차나 한잔(술이나 한잔) 할래요? 혹은 일 마치고 저녁에 어디서 볼래요? 선량한 눈빛의 보통 남자들이었다. 어릴 때 골목길에서, 기차놀이 하는데 같이 할래, 하는 사내아이들 같은.

늑대는 없었다. 그저 인생이 심심해서. 인간을 인간이게끔 하는 특징 중의 하나가 권태를 느낄 수 있는 능력이라고 한다. 만일 소설에서라면 실제와 다르게 인물이 데이트에 응하고 어떤 대화나 동작이나 일이 일어나게끔 만들거나 아주 다른 풍경을 제시할 것이다. 글을 쓸 때 나는 불가능을 다룬다, 는 클라리스의 소설 속 문장은 여전히 유효하고 매력적이다. 이 글을 쓰는 동안 『특성 없는 남자』의 마지막 장을 덮었다. 표지가 손을 타서 너덜해져 있다. 무질이 이 소설을 쓰면서 얼마나 고독한 사투를 벌였을까, 마음이 저릿해지며 고통이 전해졌다. 무질은 시대의 고난과 병고로 계획대로 다 끝내지 못하고 미완의 작업으로 남겨둔 채 죽었다. 책으로 완전히 발간되기까지 이십 년이 넘는 시간이 필요했다. 『특성 없는 남자』의 원서 2권인 마지막 4권이 최근에 번역되어 출간됐다는 것을 알게 되었다. 『특성 없는 남자』에서 한 장면을 가져온다. 그래서 그는 에둘러 말했다. "개를 본 적이 있나요? " 그는 물었다. "아마 그렇다고 당신은 믿을 겁니다! 그러나 당신이 본 것은 그저 다소간 개로 간주되는 것일 뿐입니다. 그것에겐 모든 면에서 개의 특성이 있는 것이 아니고 항상 다른 개가 가지고 있지 않은 특성이 있습니다. 그러니 어떻게 우리가 삶에서 '옳은 일'만 하겠습니까? 우리는 옳은 일이 아니라 항상 다소간 옳은 무엇인가를 할 수가 있을 뿐입니다." 어느덧 세월이 내 인생의 후반부로 향해 가

고 있다. 어느 노철학자의 말을 빌려오면 인생에서 달걀노
른자위 같은 가장 황금기라는 시기를 나는 통과하고 있다.
내 앞에 뭐가 기다리고 있을지 궁금하다. 분명한 죽음 외에
뭐가 또 남아 있을까.

배이유
소설집 『퍼즐 위의 새』, 『밤의 망루』
2016년 부산작가상, 2022년 부산소설문학상 수상. 2021년 뉴욕의 문예지 *The Hopper*에 단편소설 「압정 위의 패랭이꽃」이 "The Last Days"로 번역 게재.

꽃은 그대로일까

정영선

젊은 의사였다. 단발머리와 흰 피부 때문인지 조금 차갑게 보였지만, 목소리는 부드러웠다. 나는 소변보기가 힘들다고 했다. 몸살기와 통증, 잔뇨와 빈뇨. 방광염의 대표적인 증상이었다. 의사는 예상대로 소변검사를 해야 한다고 했고 나는 (귀찮기만 하고 결과는 뻔해서) 주사 맞고 약만 받으면 안 되냐고 했다. 바빠서…. 바쁘다는 말의 의미를 젊은 의사가 잘 이해하길 바랐다. 의사는 잠깐 망설이더니, 이번만 그러라고 했다. 똑똑한 친구였다. 엉덩이에 '아픈' 주사를 맞고 나왔다.

대기실에는 벽을 따라 긴 연두색 소파가 놓여 있고 그 앞에 연노란색 작은 소파들이 중간중간 있었다. 창틀의 작은 화분까지. 깨끗하고 아늑해서 진료실로 들어오라는 말을 늦게 듣고 싶었던 곳이었다. 세상에…, 그곳에 복희가 앉아 있었다. 사흘돌이 만나지만 이곳에서 볼 줄은 몰랐다. 배가 부른 젊은 여자와 남자, 그 옆이었다. 눈이 마주치자, 복희도 엄청 놀라는 표정이었다. 이미 폐경된 게 까마득한데 산부인과에서 만났으니. 복희가 먼저 무슨 일로 왔냐고 물었다. 나는 복희의 귀에 대고 방광염인데 여자 의사 찾아왔다고 했다. 사실이 그랬다. 복희는 병명이 생각나지 않는 듯 잠깐 멈칫하더니 자신도 그렇다고 했다. 나는 말뿐 아니라 몸으로도 대화가 되는 복희가 반가워, 주사 한 대 맞으니 살 것 같다고 했다. 여전히 허리 아래가 뻐근했지만.

접수대의 간호사가 처방전을 흔들며 이름을 불렀다. 그걸 받고 계산을 하고 있는데 복희가 진료실로 들어가면서 미현아 하고 불렀다. 왜? 하고 돌아보자 좀 기다리라고 했다. 임신한 아내와 같이 온 젊은 남편이 나와 복희를 번갈아 봤다.

미현아 복희야, 우리는 만난 지 3개월 정도 되었지만 30년을 알고 지낸 것처럼 만만하게 이름을 부른다. 복희는 하얗고 동글동글하고 나는 성냥개비처럼 말랐다. 머리는 짧게 자르고 얼굴엔 잡티도 많다. 젊은 남자가 한 번 더 우리를 보는 이유가 둘이 닮은 데가 없기 때문이라면 나는 그 사람에게 우리가 복지관 급식소에서 만난 이야기를 해주고 싶었다.

버스 정류소 유리 벽에 복지관 배식 봉사자를 모집한다

는 안내문이 붙어있었다. 집 방향으로 버스 두 정거장, 가까운 곳이었다. 나는 월 수, 이틀 신청을 했다. 일주일에 두 번, 11시에서 2시까지 세 시간 동안 배식과 설거지를 하는 일이었다. 쉽지는 않았지만, 그 정도는 해야 할 것 같았다. 서너 번 했을 때 다른 봉사자가 왔다. 원래 화 목 봉사자인데 오늘 봉사자와 요일을 바꾸었다고 했다. 통통하고 하얀 얼굴, 밝은 목소리. 어두운 조리실이 다 환해졌다. 복희, 이름과 잘 어울리는 얼굴이었다. 배달할 도시락을 준비하고 있는데 직원이 와서 고생이 많다고 하자, 여자는 이런 일이라도 해야 복을 받지 않겠냐고 했다. 나는 마음을 들킨 듯해서 고개를 돌렸다. 거의 마칠 때쯤 나는 여자와 고향이 같다는 걸 알았다. 나이도 같았다. 그때부터 우리는 이름을 불렀다.

복희는 그 뒤 대천동 맛집이라며 밥을 샀다. 점심때는 줄을 선다는 순두붓집이었는데 우리가 갔을 때는 빈자리가 많았다. 복희는 내가 사는 아파트의 동만 듣고도 평수를 알았는지 혼자냐고 물었다. 나는 떨어져 살고 있다고 하다 울 것 같아 말을 멈추었다. 복희는 접시에 꺼내놓은 순두부찌개 속의 바지락을 젓가락으로 뜯고 있었지만 이미 내 눈물을 봤는지 한마디 했다. 일기를 써. 그게 좀 도움이 되더라. 복희는 30년간 쓴 일기가 수십 권인데 3일 이상 안 쓴 적은 없다고, 병원에 입원했을 때도 썼다고 했다. 복희는 좀 망설이다가 주로 먹은 거 쓴다고 했다. 살이 쉽게 찌는 체질이라

이렇게라도 관리를 해야 한다고. 웃기려고 하는 말 같아 나는 웃었다. 그날 복희는 미역 줄기 무침을 집다, 내 죽을 때 그 일기도 같이 태워달라 할라꼬, 했다. 죽을 준비까지. 그것만으로 복희는 충분히 특별했다. 그 후 나도 일기를 써보려고 노트를 샀지만 잘 써지지 않았다. 펼치면 감정이 엉키면서, 한두 줄만 써도 내가 잘못했다 할 것 같았다. 정말 그 말은 쓰고 싶지 않았다. 더 이상 몸에 새겨진 말을 외면할 순 없었다.

우리는 사거리 골목에 있는 그 순두붓집으로 갔다. 복희는 아직 남아 있는 약이 많아 처방전이 없다 했고 나는 약국에서 받은 약봉지를 가방 안에 넣은 뒤였다. 의사가 물을 많이 마시라고 한 말이 생각나 물을 두 잔이나 마셨다. 복희 앞에는 처음 따라놓은 물이 그대로 있었다. 물을 많이 마셔야 한다고 하자, 고개를 끄덕거렸다. 만 원짜리 밥상에 설거지 그릇이 몇 개고? 복희가 빼곡하게 늘어선 반찬 그릇을 훑어보더니 주방으로 고개를 돌렸다. 설거지하는 이모 손목 나갈 건데. 겹겹의 목주름이 사선으로 늘어졌지만 복희의 얼굴은 잡티도 없이 하얗고 촉촉했다. 동네 안에 간판 없이 하는 마사지 가게가 있다는 말을 들은 적이 있었다. 실력도 좋고 가격도 싸다고 해서 그런 사람이 왜 간판 없이 하는지 물었는데 아직 대답은 듣지 못했다. 그곳이 어디인지 물어볼까, 눈길을 느꼈는지 복희는 식탁으로 눈을 돌려 밑반찬을 집어 들었다.

나는 순두부찌개와 돌솥밥을 박박 긁어 먹은 후 약도 꺼내 먹었다. 항생제를 한 알 먹고 나니 이제 뭐든 할 수 있을 것 같았다. 장미공원에 갔다 가자. 복희가 먼저 말했다. 공원은 근처였는데, 둘이 걸으니 정말 금방이었다.

복희는 공원 입구에서 산 커피를 내게 맡기고 줄기만 남은 장미를 하나하나 들여다보았다. 이름만 봐도 반가운 모양이다. 러브, 퀸 엘리자베스, 미스터 링컨…. 복희가 내가 들고 있던 커피를 가져가 종이컵에 따랐다. 방광염에 커피는 금물인데, 냄새는 좋았다.

"얼굴이…. 축이 났네."

복희가 허리를 수그리고 연못 옆 벤치에 앉은 내 얼굴을 들여다보았다.

"오줌을 눌 때도 아프고 안 눌 때도 아프고. 어디 가서 말도 못하고…."

나는 며칠 동안의 불편과 고통을 몇 마디 늘어놓다 말았다. 아까부터 연못 쪽을 보고 있던 복희는 생각났다는 듯 고개를 돌리며 물었다.

"서류접수는 했나."

뭐? 나는 그렇다고도 그렇지 않다고도 할 수 없어 잠시 못 들은 척하다 마셔서 좋을 것 없는 커피를 반 모금 마신 후, 며칠 전에 남편에게서 전화가 왔다고 했다. 복희는 집에서 키우던 개가 나가도 그보다는 빨리하겠다고 한 후 칵 가래를 뱉었다. 나는 지난 2월 중순에 남편을 만났고 그 뒤 이혼 신청서에 도장을 찍어 보낸 일을 이미 복희에게 이야기했다.

남편은 오후 5시에 보자고 했다. 나는 무슨 소리를 하느냐고, 은행 문 닫는 시간도 잊었냐고 통박을 했다. 그는 괜찮다고 그 시간에 보자며 전화를 끊었다. 또 자기 멋대로 한다 싶어 다시 전화를 걸어 화를 내려다, 문을 닫았으면 근처 커피집에서 보면 된다고 생각했다.

셔터가 내린 은행 출입문 옆에 작은 철문이 있었다. 남편이 누군가에게 전화하자 둔탁한 소리와 함께 그 문이 열렸다. 들어서니 업무 시간은 끝났는데 직원들은 그대로 남아 이야기도 하고 걸어 다니고, 커피를 들고 가는 사람도 보였다. 내가 보던 은행원들과 너무 다른 모습이라서 남편을 쳐다보았다. 내 눈은 분명 당신도 저렇게 했냐고 물었을 텐데, 남편은 본 척도 안 하고 누군가의 이름을 부르며 잘 지냈냐며 인사를 했다. 그러고는 방문객이 아니라 직원인 듯 옆 사무실로 들어갔다. 지점장실. 열린 문 앞에서 망설이고 있는데 아까 남편과 인사를 한 직원이 사모님도 들어오시라고 했다.

7인용 비닐 소파와 테이블 그 뒤로 사무용 책상이 있고 그 위에 지점장 명패가 있었다. 책상 밑에 반짝이는 구두가 보였다. 키가 작고 머리가 벗겨진 지점장은 슬리퍼를 신고 있었다. 남편도 퇴직한 날 낡은 슬리퍼를 들고 왔었다. 얼굴에 붉은 기운이 도는 것도 닮았다. 요즘 어떻게 지내십니까. 남편의 손을 잡으며 지점장이 물었다. 남편은 건강하게 잘 있다고 했다. 어쩐지 동문서답 같았는데, 남편은 어깨를 펴며, 실적은 괜찮은지 묻고 있었다. 지점장은 대답을 않고 손으로 의자에 앉기를 권했다. 우리는 그날 대출을 받으러 갔다. 계약 기간이 끝난 세입자에게 줄 전세금이 없어 남편은 자기 아래 있던 직원이 지점장으로 승진한 곳으로 온 것이다. 퇴직한 지 3년, 면바지에 운동화 차림이었다. 오리털 점퍼는 작년 할인할 때 산 고급 브랜드였다.

문을 열어준 젊은 직원이 서류를 들고 들어왔다. 짙은 색 와이셔츠 밖으로 가슴근육이 팽팽했다. 남편이 운동 많이 하네 하자 젊은 직원은 아, 예라고 짧게 대답했다. 반말 때문인지 좀 불쾌해 보였는데, 그 느낌을 굳이 숨기려고도 하지 않으려는 것 같았다. 남편은 그 반응에 당황한 듯 손을 허벅지에 비볐지만 나는 여전히 연 5%가 넘는 고금리에 신경이 쓰였다. 지점장도 요즘 금리가 높다며, 슬쩍 만류하는 것 같았지만 남편은 코로나 때 돈을 많이 풀어서 어쩔 수가 없다는 소리만 했다. 나는 어디다 넣어둔 퇴직금을 빼 오는 게 낫지 않냐는 말을 그 자리에서 또 할 수 없어 들으라는 듯 한

숨을 내쉬었다. 그 말만 해도 대접이 달라질 텐데, 남편은 내 눈을 피해 대출 서류에 찍는 도장만 확인하고 있었다. 진짜 퇴직금을 홀랑 날린 것처럼.

남편이 그렇게 무시당하면서도 왜 퇴직금 이야기를 하지 않았는지 이유를 알 수 없다고 하자 복희는 이자는 누가 내냐고 물었고 나는 내가 냈다고 했다. 그 전세금으로 분양받은 아파트 잔금 냈으니까. 다행히 얼마 전에 세입자가 들어와 대출금은 갚았다고 했다. 복희가 대출이자에 중도상환금도 많았을 낀데 진짜 돈이 없나 보네, 해서 나는 아니라고, 퇴직금이 그대로 있다 했고 복희는 놀랍다는 듯 나를 잠시 보더니 천천히 물었다. 그럼 마음이 떠났나. 원동 매화마을 커피점에서. 나는 잔 밑바닥에 남은 커피를 마신 후 나도 그렇게 생각한다고 했다. 복희가 화명역에서 원동까지, 금방이라고 해서 따라갔는데 정말이었다. 다른 데서 여기 오려면 큰마음 먹어야 하는데 우리 동네에서는 기차 시간만 맞추면 동네 슈퍼 가는 것보다 가깝다며 복희가 웃었다. 맞는 말이었지만 너무 일찍 왔는지 매화는 핀 것보다 몽우리가 더 많았다. 그래도 매화 향기는 났다. 구름이 두껍게 낀 평일 오후, 동네를 한 바퀴 돌다 복희는 전화를 받았고, 누가 저 아래 커피숍에서 만나자는데 같이 가자고 했다. 나는 망설이지 않고 그러자고 했다. 동창인데 여기 있다고 하니 얼굴이나 보자고 하네. 복희는 흘리듯 말했고 나는 부럽다는 생각을 했다.

복희의 동창은 삼랑진 가는 길이라고 했다. 작은 키에 배는 나왔지만 머리숱은 많았다. 그는 비싼 커피를 사주며 한참 자신이 하는 인테리어 사업 이야기를 하고 복희의 손을 슬쩍 또 슬쩍 잡았다 놓고 갔다. 복희는 금방 만난 동창의 아내가 요양원에 간 지 좀 된다고 했다. 창밖이 어두워지고 있어서 우리는 조금 전 보고 온 매화를 과거처럼 이야기했다. 누군가 문을 열 때마다 향기가 들어왔다. 기차 시간은 아직 1시간이나 남았고. 나는 무슨 이야기든 해야 한다는 걸 알았다. 그때 한 이야기였는데, 나는 일어설 때까지 남편과 내가 각자 월급을 관리했다는 말을 하지 않았다.

그 뒤로 우린 복지관 뜰에서 자주 만났다. 복희가 누구에게 받았는데 많다며, 고구마나 고추 호박, 과일 같은 걸 들고 왔다. 옆집 사람에게 받았다고도 하고 아는 사람이 갖다주더라고도 했는데 그날은 꺼먼 점이 생긴 바나나를 가지고 왔다. 먹고 살을 좀 찌우라고 바나나를 한 개 건넨 뒤 나무젓가락 같다고 했다. 나무젓가락…. 나는 바나나껍질을 벗기다 복희를 바라봤다. 눈빛이 날카로웠을 거다. 복희는 참, 마른 사람들은 그 말 듣기 싫어하재 라며 미안하다고 했다. 늙으면 살이 좀 있어야 병을 이길 수 있다는 말도 덧붙였다. 다행히 끓어오르던 마음이 조금 가라앉았지만 바나나를 먹기는 쉽지 않았다. 남편은 오래전부터 물기 없는 나무젓가락 같다고 했다. 마른 건 그렇다 치고 물기라니, 차갑다고도 했다. 잠자리에 대한 불만들이었다. 간혹 들은 말이지만, 오래오래 가슴에 담아두었던 말이란 건 안다. 나는 꼭 뜨거워야 하냐고 묻고 싶었다. 이미 딸을 낳아 길렀고 침대 위에서 같은 이불을 덮고 자고 함께 밥을 먹는데, 그것으로 충분하지 않냐고. 흰 와이셔츠를 씻고 다리고, 양복바지의 주름을 펴고, 늦은 귀가를 걱정하는 것으로 모자라냐고, 정말 묻고 싶었다.

복희가 커피잔을 우그러뜨리며 옆에 앉았다. 미스터 링컨, 퀸 엘리자베스… 처음 보는 이름 때문인지 내가 알던 장미는 아닌 것 같았다. '러브'는 더 낯설었다. 복희는 젊은 여자가 개똥을 주워 비닐봉지에 담는 걸 보고 있었다. 바람이 많이 불었다. 뭐라던데? 복희가 물어놓고 두 손으로 머리를 감쌌지만 머릿밑의 흰머리가 차선처럼 선명했다. 뭘 그리 가리려고 해쌓노. 나이 먹은 게 어디 가나. 나는 복희보다 먼저 일어났다. 건널목을 건너며 복희가 뭐라 하더냐고 다시 물었다. 누가? 하고 되묻자, 남편 말이야 했다. 아, 이번 주 금요일에 커피숍에서 보자고. 조금 뒤 복희의 목소리가 들려왔지만 차 소리에 묻혀 듣지 못한 척, 빨리 걸었다. 나는 와석골 사거리 앞에서 복희를 기다렸다. 복희는 우체국 앞으로 건너고 나는 마트 쪽으로 가야 한다. 뒤따라온 복희가 갈게, 하고 급히 신호등을 건넜다. 우체국 뒤편 정수장 근처의 단독 주택 2층에 산다고 했다. 1층의 가게 두 개에서 나오는 월세와 죽은 남편의 쥐꼬리만 한 연금이 생활비라고.

피곤하지만 집으로 가기는 싫었다. 어르신 피아노 교실이 생각났다. 한 달에 3만 원. 주 3일 피아노를 가르쳐주는 곳이다. 11시가 수업시간이지만 지금 가도 칠 수 있을 텐데… 무리하지 말라는 의사의 말이 생각 나 일단 마트에 들르기로 했다. 특별히 살 거는 없지만 보면 또 살 게 있었다. 들깻가루와 취나물 요구르트 등을 사 들고 나오다 다시 돌아가 작은 생수 한 병을 샀다.

마트에서 아파트까지는 500미터 정도, 마음이 바빴다. 집에 오자마자 생수통의 물을 비우고 뚜껑 쪽으로 5센티가량 잘랐다. 자른 부분에 테이프를 두어 번 두르라고 했다. 그다음 야채를 넣을 비닐봉지를 꺼냈다. 비닐봉지를 모아 밖으로 빼서 뚜껑을 닫으면 묶은 거 푼다고 고생하지 않아도 된다고 했다. 복희한테 배운 거다. 냉장고도 깔끔하고 지구도 보호하고. 나는 비닐봉지에 오이 하나를 넣고 사진을 찍었다. 근사했다. 딸 생각이 났다.

가끔 연락하던 딸도 어느 순간 알았다. 정말 멀어졌다는 걸. 모녀의 인연이 겨우 풀로 붙여놓은 듯하다. 그런 느낌이 들 때마다 나는 뭔가 구실을 만들어 딸에게 연락했다. 날씨가 덥거나 춥거나 바람이 불거나 비가 오거나… 꽃이 필 때

도 있다. 딸은 내가 하는 말, 내가 쓴 카톡 문자의 반의반에
도 미치지 못하는 말을 쓴다. 그럼에도, 엄마도 맛있는 거 먹
고 잘 지내, 한마디면 마음이 따뜻해졌다. 그 말을 들은 지
도 오래되었다. 우린 정말 가까운 모녀였다. 시장 영화관 박
물관…. 틈만 나면 붙어 다녔다. 그런데 아이가 집을 떠나고
대학을 졸업하고 회사에 다니면서 조금씩 점점, 이런저런 이
유로 뜸해졌다. 명절이나 생일에 집에 오지 않을 때마다 나
는 허둥댔다. 한 번도 생각해보지 않은 일이었다. 삼십 년 가
까이 엄마였는데 처음 엄마가 된 것처럼 당황했다. 내가 무
슨 잘못을 했을까, 지각한다고 이불을 확 걷어 젖히기도 하
고 멸치와 콩을 먹지 않으면 소시지를 먹지 못하게 했지만
그것 때문은 아닌 것 같았다. 어느 순간부터 딸이 아니라 내
가 딸에게서 조금씩 멀어졌을 수도. 딸이 자라면 자기 세계
를 가지는 게 맞다고 생각하며. 그래도 언제든 옆에 다가
갈 수 있을 줄 알았는데…, 그게 아니었다. 딸과 다녔던 목욕
탕, 서점, 빵집은 변했거나 사라졌다. 혼자 낯설어진 공간과
선명한 기억 사이에서 당황할 때마다 버려진 듯한 느낌이 희
미하게 다가왔다.

다시 보니, 야채를 꺼낼 때마다 뚜껑을 열고 비닐을 빼
고 닫고…. 번거롭다. 딸에게 보냈으면 우스울 뻔했다는 생
각을 하며 약을 꺼냈다. 항생제, 위장약, 배뇨장애약, 이걸 먹
고도 낫지 않으면 비뇨기과에 가라고 했는데. 정말 큰 병에

걸리면 누구에게 연락해야 할까. 나는 누군가에게 알리지도 않고 혼자 죽을 거라고 한 생각을 아직 잊지 않았다. 그때는 혼자 떠나는 게 당연하다고 생각했다. 혹시 옆에 누군가 있다면 모르는 사람이었으면 했다. 우는 사람도 아쉬워하는 사람도 없이 빠르고 조용하게. 누군가에게 이 이야기를 했더니 이상하게 쳐다보며 가족도 있는 사람이 왜 그런 생각을 하냐고 했다. 그러고 보니 그런 것 같아 이후로 말해본 적이 없었다. 나는 그 생각 때문에 이렇게 혼자 사는 걸까?

이곳은 걸어서 십 분이면 강둑에 서서 강물이 뒤척이는 모습을 볼 수 있는 곳이다. 물 밖으로 나온 바위에 앉은 다리 긴 새를 보면 부옇게 떠 있던 일상의 먼지들이 가라앉았다. 교통도 생활환경도 나쁘지 않다. 지하철역이 5분 거리에 있고 버스정류장은 더 가깝다. 내 평생의 꿈이 강을 보고 사는 곳이라는 말도 얼굴을 살짝 붉히며 했다. 마침 강 옆에 큰 건설회사가 짓고 있는 아파트가 있었다. 퇴직도 했으니 살고 있는 아파트를 팔아 조금 작은 곳으로 이사를 하자고 했다. 남편은 한 마디로 잘라 말했다. 가지 않겠다고. 변두리 아파트를 왜 비싼 돈 주고 사냐고. 틀린 말은 아닌데, 그렇게 생각하는 사람들이 많다는 것도 아는데, 이상했다. 믿음의 기둥 하나가 내려앉는 느낌이 오래 갔다. 20년 넘게 시누이 둘과 같은 아파트에 사는 건 지겨웠지만 그 때문만은 아닌데 남편은 그렇게만 생각하는 것 같았다. 그렇게 생각한다 해도 집을 나올 정도는 아닌데, 결국 3개월 전 나는 이곳으로 혼자 이사를 왔다. 방 거실 목욕탕이 한 개씩인 작은 평수였다. 퇴직금으로 받아둔 돈(시청 기능직 8급)과 다른 돈을 보태 잔금을 치렀다.

뭐 이게 어때서라는 생각도 한다. 베란다 창으로 강이 보이고 주방 창으로 산이 보인다. 냉장고 에어컨, 붙박이장 식탁. 다 새것이다. 은행에 넣어둔 돈은 별로 없지만 빌린 돈도 없다. 많지는 않지만 연금도 있다. 납입이 끝난 보험도 있고, 여기서 더 욕심을 내면 안 된다고 생각했다.

1인용 흙 침대, 내가 가장 좋아하는 곳이다. 온도를 높이고 누우면 고단함이 녹았다. 외로움까지. 침대에 누워 있는데 전화기가 짧게 떨었다. 전화는 아니고 문자. 남편일까. 며칠 전에 전화로 이 동네에 오겠다고 했는데⋯. 같은 이야기를 두세 번 하는 성격은 아니니 남편이 아닐 수도 있었다. 피아노 교실? 말도 없이 세 번이나 결석했으니 그럴 수도. 누워서 복희까지 떠올린 후 딸 생각에 반쯤 일어났다. 한쪽 다리가 침대 밖으로 나가다 멈췄다. 딸이 문자를 하지 않을 거라는 걸 마음이 아니라 다리가 먼저 아는 것 같았다. 텔레비전을 더 보다가 잠을 청하다가 느릿느릿 일어났다. 복지관에서 온 문자였다. 내일 올 수 있냐고. 나는 가겠다고 했다.

오늘은 흑미밥과 미역국, 김치, 어묵볶음, 콩나물무침이다. 밑반찬은 사 오고 국과 밥은 여기서 한다. 주방 담당인 김 여사가 배달용 국그릇에 국을 기계처럼 뜬다. 나는 그 옆에서 뚜껑을 덮는다. 국이 식었다고 전화하는 사람이 많아서 바로 덮어야 한다. 김 여사의 머릿수건과 원피스형 앞치마는 늘 깨끗하다. 뽀얗게 화장한 얼굴과 호리호리한 모습과 잘 어울렸다. 지금은 여기서 이러고 있지만 왕년엔 호텔 주방에서 일했다는 표시인 줄 알았는데, 복희는 아니라고 했다. 구청에서 감사가 나왔는데 그때 요리사의 복장 불량을 지적받았다고. 한 번만 더 걸리면. 복희는 손으로 목을 그었다. 국 끓이고 밥하는데 이백인데, 저거 하려고 사람들이 줄을 섰다는 거다. 그러니 음식보다 머릿수건과 앞치마의 청결이 더 중요하겠지만 국 맛도 나쁘지는 않았다. 이제 밥을 풀 차례다. 아까와 똑같다. 김 여사가 주걱으로 저울처럼 같은 양의 밥을 푸면 나는 바로 뚜껑을 닫는다. 다른 봉사자는 밥 국 반찬(그건 이미 담아둔 상태이다) 순으로 도시락 가방 안에 넣는다. 배달 도시락이 끝나면 일회용 도시락. 복지관에 와서 도시락을 받아 가는 사람들인데 가끔 민원도 들어온다. 근처 공원 벤치에서 먹고 음식물을 그대로 두고 간다는 것이다. 밖에서 드시지 말라고 해도 갑갑하다며 밖에서 드시는 분이 있단다. 도시락 일이 다 끝나면 손님을 받는다. 수강생 아니면 이곳 주민이다. 3천5백 원, 단 65세 이상이어야 한다.

많아봤자 대여섯 정도.

밥 먹읍시다. 김 여사가 국을 큰 그릇에 뜨고 빈 국그릇을 세 개 가져간다. 다른 봉사자가 밥을 쟁반에 담아 테이블 쪽으로 가고 있었다. 배가 고프긴 하다. 시간을 보니 1시가 훌쩍 넘었다. 미역국에 밥을 말았다. 주방장이 집에서 한 거라며 다시마쌈과 젓국을 내놓았다. 다른 봉사자가 젓국에 푹 찍어 잘 먹는다. 나는 젓국을 좋아하지 않아 다시마의 모서리에 조금만 찍었다. 그걸 봤는지 김 여사가 다른 것도 있다며 일어나 냉장고 쪽으로 갔다. 봉사자가 한 숟가락 남은 밥그릇을 들고 자리에서 급히 일어났다. 급한 일이 있어 먼저 가볼게요, 한다. 아차 싶었다. 나도 일이 있어서 먼저 간다고 하려 했는데. 때를 놓친 것이다. 벌써 수거한 배달 도시락이 입구에 늘어서 있다.

고무장갑을 끼고 싱크대 앞에 섰다. 수세미에 세제를 묻혀 식판부터 씻었다. 언제 왔는지 김 여사가, 이렇게 더디게 하면 언제 집에 갈 거냐고 몸으로 밀었다. 똑같은 물에 수세미도 같은데, 그릇 씻는 속도가 2배는 빠른 것 같다. 일하면서 말도 잘한다. 복희가 오기로 했는데 못 온다고 해서 나에게 문자 보냈다고 했다. 나는 병원에서 만났다는 말은 안 하고 못 온 이유를 물었는데 김 여사는 못 들었는지 대답이 없었다. 2시가 넘었다. 배달 도시락을 열고 그릇들을 꺼내 설거지통에 담는다. 다행히 깨끗이 씻은 것들이 많아 헹구기만

한 후 소쿠리에 엎고 고무장갑을 벗었다. 앞치마와 머릿수
건을 벗어 서랍에 반듯하게 개 넣었다. 그 모습이 마음에 들
었는지 김 여사가 웃으며 다가와 귀에 대고 말했다. 복희 여
사는 아직 돈 벌잖아요, 한다. 아, 아까 복희가 왜 못 온다고
했는지 묻긴 했다. 그런데 돈을 벌다니? 처음 듣는 이야기였
다. 뭐 해서? 나는 청소나 식당 일을 떠올렸다. 김여사가 몸
을 기울이더니 손님 받는 거 몰라요? 했다. 손님? 나는 눈으
로 물었다. 집으로 부른다는 말도 들었다고 했다. 뭔 말인지
알 것 같았다. 나는 나이가 몇인데, 라며 목소리를 조금 높
였다. 김 여사는 내 말을 부정하는 듯 고개를 저으며, 소문
에 거기 수술도 했다는데, 했을 거라고 했다. 거기를? 내가
다시 묻자, 고개를 끄덕였다. 단골도 있다고 했다. 너무 말을
함부로 하는 것 같아 인상을 찌푸렸다. 국솥 뚜껑을 들고 돌
아서던 김여사가 한마디 더 했다. 빨아도 준다는데. 못 들은
척했지만 턱 아래서 열이 살짝 올라오고 있었다.

　복지관 앞 버스 정류소에 닿기도 전에 나는 복희가 방
광염 때문에 산부인과에 온 건 아니란 걸 알았다. 요실금이
나 질 건조증… 김 여사 말대로 어쩌면 그 수술 때문에 왔을
거란 생각도 하지 않을 수 없었다. 성당을 지나 다음 정류소
까지 계속 걸었다. 30년 넘게 일기를 쓴다는 데 대한 믿음도
있었지만… 일기를 쓰는 것과 그 소문과는 아무런 관계가
없는 것 같기도 했다. 다행히 남이 하는 말을 그대로 들을

나이는 아니었지만 원동 매화마을에서 만났던 복희 동창생의 얼굴을 지우는 일은 어려웠다. 여기까지 오는 걸 보면 몸이 좀 뜨거운갑네. 장미공원에서 돌아오는 길에 복희에게 들은 말도 생생했다. 정말 그 때문이라면 벌써 오래전에 끝냈어야 할 일이었다.

마음을 정한 뒤에도 베란다에 서서 강이 어두워지는 걸 보고 있었다. 이혼을 생각하니 결혼식 때 생각이 났다. 집 전화뿐이던 시절인데, 하객들로 예식장이 꽉 찼다. 제일 기억나는 건 신부 화장이다. 너무 예뻐서 나도 내가 아닌 줄 알았다. 늘 이런 모습으로 살았으면 좋겠다는 생각을 했지만 짧은 결혼식 후 화장을 지워야 했다. 그 후의 일상은 똑같았다. 출근과 퇴근, 지겨웠던 밤의 잠자리 말고는 달라진 게 없었다. 그래도 30년 가까이 아침저녁 얼굴을 보고 밤이 늦어도 돌아오지 않으면 전화하고 누군가의 장례식에 같이 갔던 사람과 이제 갈라서야 하는 데 알릴 사람이 없다. 나는 몇 사람을 떠올리다 아무에게도 연락하지 않기로 했다. 진짜 이유가 뭔지 알 수 없었다. 이것 같기도 하고 저것 같기도 하고…. 모든 말들이 한순간에 어두워진 넓고 긴 강 속으로 사라진 듯했다.

비 온 뒤 날이 갠 것처럼 창밖이 맑았다. 물 한 모금 마시고 외투만 챙겨 집을 나섰다. 꽃이 피지 않은 장미 꽃길을 걸어 강으로 내려갔다. 사람들이 많이 모이는 정자 반대 방향으로 걸었다. 아직 아침 바람이 찬데 풀들은 성급하게 보일 정도로 웃자라 있었다. 물결은 구포에서 양산 쪽으로 흘렀다. 늘 반대 방향으로 흘렀는데, 강물도 한 방향으로만 흐르는 건 아닌 모양이다. 나는 누군가를 기다리는 것처럼 수로 근처에 서 있다 돌아왔다.

복희의 문자가 와 있었다. 예쁜 옷 입고 가. 늙을수록 돈이 중요하긴 해도 마음 가는 대로 결정해. 파이팅도 덧붙였다. 나는 별 쓸데없는 말도 다 한다 싶었지만 옷을 고르는 데는 꽤 시간을 썼다. 결국 검정 모직 바지와 흰색 블라우스, 베이지색 코트를 입었다. 예쁜지는 몰라도 깔끔해 보이기는 했다.

약속 시각은 3시. 다른 건 몰라도 밥을 먹고 가야 한다는 건 알 것 같아 삶은 고구마와 홍차를 점심으로 먹고 집을 나섰다. 30분 전. 걸어가도 충분한 시간이었다. 아파트 뒷문으로 나와 환하게 핀 목련과 산수유를 지나다 다시 돌아보았다. 남편을 만나고 와도 저 꽃은 그대로일까.

남편은 휴대전화를 들여다보고 있었다. 오른쪽으로 약간 기울어진 어깨가 보기 싫다 싶었는데, 아래가 따끔거렸다. 다 나았는가 했는데 아니었다. 복희 말대로 남편 때문에 신경이 쓰여 방광염이 생긴 것 같았다. 물 생각에 음수대로 눈을 돌리다 고개를 든 남편과 눈이 마주쳤다. 남편은 일어서다 다시 앉았다. 테이블엔 휴대전화만 보였다. 나는 계산대로 가서 차 한 잔을 시켰다. 남편이 고개를 저었다. 아무것도 안 먹겠다는 뜻이었다. 저 짠돌이. 저럴 때마다 큰 돌이 가슴을 누르는 기분이었다. 아메리카노는 안 먹을 거고, 카페라테 한 잔도 같이 주문했다.

진동벨을 들고 음료가 나오는 곳으로 서너 걸음 움직였다. 다시 쩌릿쩌릿 통증이 지나가면서 요의도 느껴졌다. 화장실을 찾다 남편과 눈이 다시 마주쳤다. 얇은 남방셔츠 위에 검정 스웨터를 입고 그 위에 가벼운 점퍼를 입었다. 생각보다 깔끔한 모습이었다.

흰 우유 거품 위에 그려진 하트모양을 내려다보며 남편이 이게 뭐냐고 물었다. 라테라고 했다. 남편은 고개를 끄덕거렸다. 자기가 주문한 커피라도 되는 듯 한마디도 없이 컵을 들었다. 나는 캐모마일차를 한 모금 마시다 말았다. 배뇨감이 있지만 화장실에 가고 싶지는 않았다.

"잘 지냈나?"

흰 거품을 입술에 묻힌 남편이 물었다. 보기 거북해 눈을 돌렸는데 눈치를 챘는지 컵을 담아 온 쟁반 위에 있던 휴지로 입을 닦았다. 원래 눈치가 빠른 사람인데 더 빨라진 것 같았다. 나는 답을 하지 않았고 잘 있냐고 묻지도 않았다. 시누이가 둘이나 있으니 물을 필요도 없었다.

"며칠 전에 처남 만났는데."

처남이라면 오빠였다.

"무슨 일로?"

나는 남편이 오빠에게 먼저 최후통첩했다면 여기에 더 앉아 있을 필요가 없다고 생각했다. 말이 날카로웠는지 남편이 슬쩍 보더니 대출 좀 알아봐달라고 해서, 했다. 퇴직한 사람이 무슨 대출인데? 묻자 아, 큰조카가 가게를 확장하나 보던데, 한다. 그 말을 들은 기억은 났다. 후배를 소개해줬는데 결과는 잘 모르겠다며, 남편은 커피잔을 들었다. 왜 이런 필요 없는 말을 하는 건지, 당황스러웠다.

"형님을 만나고 나니 예전 장모님께 들은 말이 생각나더라."

남편이 다시 컵을 들었다 내렸다. 옆에 있는 젊은 여자의 전화 통화 소리, 그리고 음악까지 있어서 잘 들리지 않았다. 들을 필요도 없었다. 이미 돌아가신 지 이십 년이 넘었고 남남이 되는 순간이니 필요 없는 기억이었다. 그래도 남편이 엄마를 좋아한 건 사실이다. 엄마도 남편에게 극진했다. 만날 때마다 정말 상다리가 부러질 정도로 음식을 차렸다. 딸인 나는 한 번도 받아본 적이 없는 밥상이었다. 상상조차 해본 적 없었다. 밥과 김치만 올린 밥상도 내가 차렸으면 차렸지 엄마한테 받아본 적이 없었다. 전국을 떠돌며 장사를 했으니 기대할 수도 없는 일이었다. 이틀이나 사흘 만에 집에 오는 날도 있었다. 해가 지면 나는 주인집 대문 밖 골목길에서 발소리가 들릴 때마다 고개를 돌렸다. 그대로 잠이 든 날은 아래채 앞에서 부르는 내 이름을 들었다. 미현아, 그 목소리만으로도 엄마의 옷 위로 무수히 쌓인 먼지 냄새가 나는 것 같았다. 듣고도 못 들은 척하는 오빠와 달리 나는 몇 년 만에 만나는 듯 거의 맨발로 뛰어나갔다. 내가 결혼할 때쯤 엄마는 읍내에 조그만 건어물 가게를 차렸다. 그때도 일이 최우선이었는데 사위에게만은 극진했다. 남편도 두툼한 용돈으로 화답했는데 6년 뒤 엄마의 장례식 때 너무 많은 부의금을 내놔 식구들이 다 놀랐다. 이때까지 많은 사랑을 받았는데 저세상에서는 편하셨으면 하는 마음이라고 했던가. 뭐 그랬다.

"당신은 포대기에 싸인 아기였을 땐 빈방에서, 걸어 다닐 땐 빈집에서 혼자 자랐다고⋯."

아, 정말! 별 쓸데없는 말을. 나는 그렇게 말하고 싶었는데 남편은 그 말을 들었다는 듯 이마를 긁었다. 듣기도 싫고 생각하기도 싫은 시간이었다. 아버지는 노름빚에 쫓겨 집을 나갔고 초등학교 다니던 오빠들은 갑자기 태어난 나를 수치스러워했다. 나는 저주만 남은 부부 사이에 태어난 딸이었다.

"당신을 안아본 기억도 없다는데. 장모님이⋯."

"그건 또 무슨 말인데요?"

나는 남편의 말을 끊었다.

"장모님이 당신은 너무 어려서 모를 거라고."

남편의 손이 떨렸다. 입술도 약간.

"모르든 알든… 그럼 젖은 어찌 먹였는데?"

"그러네."

남편이 볼을 조금 부풀리며 큰 숨을 내쉬었다.

"그런 이야기를 왜…."

나는 말을 하다말고 숨을 내쉬고 자리에서 일어났다. 내가 불쌍해서 더 듣고 있을 수가 없었다. 기억 못 한다고? 울다 지쳐 자더라, 명이 길어 살았재, 얼마나 버둥댔는지 똥이 아주 이부자리처럼 펼쳐졌더란 말도 몇 번이나 들었고 나에게 젖을 먹였다는 동네 사람을 서너 명은 만났을 것이다. 엄마가 부탁해서 빨래 다 하고 가봤다고. 하루 열두 번도 더 먹을 젖을 나는 몇 번이나 먹었을까.

커피점 앞엔 사거리를 통과한 버스들이 다 서는 정류소가 있었다. 한꺼번에 버스가 몰리자, 정류소에 있던 사람들이 기다리던 버스를 탄다고 부산했다. 커피숍을 돌아보고 싶었지만 그대로 출입문 옆에 서서 앞만 보고 있었다. 건널목 양끝, 보행 신호를 기다리는 사람처럼 나도 신호등이 바뀌면 건너가야 할 것 같았다.

계단을 내려와 지하철역 화장실에 급하게 들어갔다. 쏟아질 듯 급했던 오줌은 나오다 말았다. 한 컵 정도 될까. 고작 그거 누자고 아무것도 못 하고… 지독한 잔뇨감이었다.

나는 화장실 앞에 잠시 서 있다 커피숍으로 올라가는 계단 쪽으로 몇 걸음 옮기다… 건너편 출구로 나왔다. 건널목을 건너자 산 쪽으로 정수장이 보였다. 저 뒤편 오래된 동네에 복희가 사는 집이 있을 것이다. 고향도 같고 나이도 같고, 플라스틱 재활용도 하는 복희. 오늘 일기를 쓸지 내일 일기를 쓸지 알 수 없지만 하나는 알 것 같다. 삼랑진에서 만난 사람은 복희 동창이 아니라 남자친구라는 것.

집으로 가기 싫어 노인회관 이 층 어르신 피아노 교실로 갔다. 11시 반이지만 지금 가도 연습은 할 수 있을 것이었다. 큰 해바라기 사진이 붙은 피아노 교실 문을 열었다. 선생님은 오랜만이라며 반은 반기고 반은 나무랐다. 어느 방에선가 밝고 가벼운 피아노 소리가 들렸다. 소리 나는 쪽으로 잠시 고개를 돌렸던 선생님은 바흐의 미뉴에트라며 열심히 하면 곧 칠 거라고 한 후, 오늘 연습할 페이지를 피아노 위에 펼쳐두고 갔다.

솔미솔미. 나는 오른손으로 한 번 왼손으로 한 번 4분의 3박자로 된 음을 짚었다. 언제 들어왔는지 선생님이 하나두울세엣. 박자를 센다. 마지막 마디에 커다란 쉼표가 있다. 세 박자를 쉬어야 하는 것이다. 모든 손가락을 오므리라고 했는데 중지가 뻣뻣하게 들린다. 선생님은 자꾸 연습하면 모든 손가락이 건반 위에 살짝 들린다고 했다. 그 말을 들을 때도 손가락 두 개는 제멋대로였다. 이곳으로 와서 달라진 건 이 피아노를 치는 것뿐이다. 일주일 혹은 5일 만에 올 때도 있는데, 이 일이야말로 무슨 의미가 있는지, 남편에게 서류를 접수했는지 물어봐야 하는데, 나는 솔미솔미 음을 짚었다. 왼손 검지가 겨우 레를 집는다. 오른손으로 와서 파솔미. 의미는 없고 높고 낮고 길이만 있는 소리들. 저 뜻도 없는 소리들을 낼 때 무수히 많은 말들이 가라앉기는 했다. 가라앉고 가라앉고…. 그래도 사라지지 않는 말이 있다. 오르가즘. 나는 그 언어를 받아들일 수 없었다. 받아들이는 순간 나의 모든 언어가 온몸이 산산조각 날 것 같았다. 열락의 감정이라는 것이 내게는 범의 아가리였다. 뜨거움은 내가 사라지고 녹아내릴 것 같은 불안이지 누군가와 하나가 되는 삶이 아니었다. 내가 나를 버리는 듯한…. 나는 그 느낌을 피하거나 외면했다. 오히려 흥분을 과장하거나 가장했다. 맨발로 엄마를 맞으러 나갈 때처럼. 엄마의 고단함을 잊지 않은 착한 딸이었지만 혹 다시 버림받을까 봐 두려웠던 건 아니었을까.

나는 다시 라시솔을 짚었다. 선생님이 박자가 틀렸다며 옆자리에 와서 앉으면서 연습실 구석 의자로 고개를 돌렸다. 그 위에 둔 내 가방에서 전화가 오고 있었다. 남편일까. 나는 온몸으로 번져가는 희미한 반가움을 막으려고 미간을 찌푸렸다.

정영선

소설가. 1997 문예중앙으로 등단했다. 소설집『평행의 아름다움』장편소설『물의 시간』『생각하는 사람들』『아무것도 아닌 빛』등을 출간하고, 부산소설문학상, 부산작가상, 봉생문화상(문학), 요산문학상, 동인문학상을 수상했다.

∫∫ 동아시아

일본의 젊은 마르크스주의 연구자들
: 사회운동과 학문 연구의 긴밀한 연계

서성광

1. 머리말

이 글에서는 일본의 젊은 마르크스주의 연구자들의 연구 동기와 그들의 이론적 및 실천적 활동을 탐구하는 것을 목적으로 한다. 특히, 이들의 연구가 일본 내에서 어떻게 전개되고 사회운동과 어떻게 결합되고 있는지를 자세히 살펴봄으로써, 현대 일본이 직면한 여러 문제와 이에 대한 젊은 연구자들의 접근 방식을 이해하는 데 도움을 주고자 한다.

최근 한국에서도 젊은 세대를 중심으로 한 사회운동이 활발해지고 있으며, 노동 문제, 환경 문제, 그리고 사회적 평등을 요구하는 목소리가 점점 커지고 있다. 이러한 배경 속에서, 일본의 젊은 마르크스주의 연구자들이 어떻게 사회운동과 학문 연구를 융합시키고 있는지를 아는 것은 한국의 젊은 세대에게도 중요한 시사점을 제공할 것이다. 이는 공통의 과제에 대한 새로운 시각을 제시하고, 한국의 사회운동 발전에도 기여할 수 있을 것으로 기대된다.

일본의 마르크스주의 연구는 1945년 이전 일본 자본주의 논쟁에서 강좌파(講座派)와 노농파(勞農派)의 대립을 거쳐, 1945년 이후에는 네 개의 주요 분파를 형성하며 현대에 이르기까지 다양한 발전을 이루어 왔다. 이 글에서는 특히 1980년대 이후의 연구 동향에 초점을 맞추어, 신MEGA(마르크스=엥겔스 전집) 연구 그룹과 SGCIME의 활동을 중심으로 살펴본다. 또한, 현대의 대표적인 젊은 마르크스주의 연구자인 에하라 케이, 유키 츠요시, 사이토 고헤이, 스미다 소이치로, 카시와자키 마사노리의 연구 동기와 성과를 소개하고, 이들의 연구가 일본의 마르크스주의 연구에 미치는 영향을 분석한다.

2. 일본 마르크스주의의 역사적 흐름

2.1 1945년 이전: 일본 자본주의 논쟁

일본에서 『자본론』은 1909년에 아베 이소오(安部磯雄, 1865-1949)의 부분 번역으로 시작되었고, 1924년에는 타카바타케 모토유키(高畠素之, 1886-1928)가 완역했다.[1] 당시 일

---

1   新藤雄介,「大正期マルクス主義形態論 :『資本論』未完訳期における社

본은 "다이쇼 데모크라시" 시대로, 진보적 지식인들이 활발히 활동하고 있었다.[2] 그러나 1923년 관동대지진, 1925년 치안유지법 제정, 1931년 만주사변 등 여러 사건이 겹치면서 일본 사회는 급속히 우경화되었고, 사회주의 사상은 완전히 금지되었다.

한편, 1930년대에 일본의 마르크스주의 연구 학계에서는 강좌파와 노농파 사이에 "일본 자본주의 논쟁"이라는 일본 좌파 세력 내의 최대 논쟁이 발생했다.[3] 강좌파는 1932년부터 1933년까지 이와나미 서점에서 출간된 『일본 자본주의 발달사 강좌』에서 유래한 명칭으로, 노로 에이타로(野呂栄太郎, 1900-1934), 야마다 모리타로(山田盛太郎, 1897-1980), 히라노 요시타로(平野義太郎, 1897-1980) 등이 이론적 공헌을 했다. 이에 맞서는 노농파는 1927년에 창간된 잡지 『노농』에서 유래했으며, 사카이 토시히코(堺利彦, 1871-1933), 야마카와 히토시(山川均, 1880-1958), 사키사카 이즈로(向坂逸郎,

---

会主義知識の普及とパンフレット出版」, 『マス・コミュニケーション研究』, 日本メディア学会, 2015年, 第86号, pp.103~122.

2   다이쇼 데모크라시는 다이쇼 시대(1912-1926년) 일본의 민주주의 운동과 정치 개혁의 흐름을 가리킨다.

3   이는 당시 사회의 본질을 분석하는 것뿐만 아니라, 이 분석을 바탕으로 사회주의로의 이행을 이론적으로 뒷받침한다는 점에서 1980년대 한국의 NL과 PD 사이의 "사회구성체 논쟁"과 문제의식 및 실천적 논점을 공유하고 있다.

1897-1985), 이노마타 츠나오(猪俣津南雄, 1889-1942) 등이 주요 연구자였다. 강좌파는 일본공산당과 직간접적으로 관련이 있었으나, 노농파는 특정 정치 조직과 결부되지 않은 느슨한 그룹이었으며, 결속력은 강하지 않았지만 광범위한 인맥을 보유하고 있었다.

양측의 가장 큰 차이점은 일본 자본주의의 구조적 특질에 대한 이해에 있다. 강좌파는 반봉건적 지주제의 지배와 천황제의 절대주의적 성격으로 이해했으나, 노농파는 지주제의 봉건적 성격을 부정하고 천황제의 부르주아적 성격을 강조했다. 이러한 이해의 차이는 1868년의 메이지 유신에 대한 평가에서도 드러난다. 강좌파는 메이지 유신을 부르주아 혁명으로 인정하지 않았으나, 노농파는 미완성일지라도 부르주아 혁명으로 규정했다.[4]

현상 분석에 대한 이해의 차이는 혁명 노선의 차이로도 이어졌다. 강좌파는 부르주아 민주주의 혁명에서 사회주의 혁명으로 이어지는 2단계 혁명론을 주장한 반면, 노농파는 사회주의 혁명의 단일 혁명론을 주장했다.[5] 이 논쟁은 일본

---

4   黒沢文貴,「戦後日本の近代史認識」,『法學研究 : 法律・政治・社会』, 法学研究会, 2000年, 第73巻第1号, pp.507~529.
5   小畑嘉丈,「白柳秀湖『維新革命前夜物語』の特質 (2) : 明治維新は「維新革命」か、1930年代の論争」,『東京電機大学総合文化研究』, 東京電機大学, 2019年, 第17号, pp.45~52.

내 좌익 탄압 사건으로 인해, 1936년에 강좌파, 1937년부터 1938년에 노농파의 주요 멤버들이 검거되면서 종식되었다. [6]그러나 이 대립은 패전 후에도 이어져, 강좌파는 일본공산당, 노농파는 일본사회당으로 계승되었다.

2.2 1945년 이후: 네 분파

일본 자본주의 논쟁에서 시작된 일본 마르크스주의 학계의 개혁적 사상은 일본 패전 이후, 전후 개혁의 이론적 기초를 제공했으며, 특히 경제학을 중심으로 한 사회과학 분야에서 두드러진 영향을 미쳤다. 1945년부터 1970년대에 이르기까지 일본의 마르크스 경제학은 정통파, 시민사회파, 우노 학파, 수리 마르크스 경제학이라는 네 가지 주요 분파를 형성했다.[7]

정통파는 1930년대의 강좌파를 계승하며, 공산당에 가까운 입장의 학자들이 중심을 이루었다. 이들은 레닌을 본보기로 삼아 일본 자본주의의 재생산 구조와 대미 종속 구조에 대한 정치경제학적 분석에 중점을 두었다. 최근에는 빈

---

6   에하라 케이, 사이토 고헤이, 사사키 류지, 「21세기 일본 마르크스주의의 부흥」, 정성진 편, 『동아시아 마르크스주의 과거, 현재, 미래』, 진인진, 2023.

7   이하 八木紀一郎, 「日本アカデミズムのなかのマルクス経済学分岐と変貌」, 『季刊・現代の理論』, 現代の理論編集委員会, 2018年, 第16号 참고.

곤 문제와 장시간 노동 문제에 대한 분석에서 성과를 올리고 있다.

시민사회파는 마르크스가 자본주의를 이해할 때 소유, 분업, 교환을 축으로 한 사회 인식(시민사회)을 기초로 한다는 점에 주목했다.[8] 이들은 자유롭고 자립적인 주체의 등장을 긍정적으로 바라보았으며, 1970년대 사회운동에 일정한 영향을 미쳤다.[9] 그러나 이후 프랑스의 레귤러시옹 학파에 흡수되었다.[10]

우노 학파는 우노 고조(宇野弘蔵, 1897-1977)가『자본론』을 순수 자본주의 이론으로 순화한 독자적인 '원리론'을 기초로 하여, 중간 이론인 단계론과 현상 분석에 이르는 세 단계의 분석 틀을 제안하면서 형성되었다. 1960년대에 이론 체계를 정비하며 학계의 논쟁을 불러일으켰고, 1970년대 이후에는 신용론과 금융 기구론 등에서 큰 연구 성과를 남겼다.[11]

---

8 다카시마 젠야(高島善哉, 1904-1990), 우치다 요시히코(内田義彦, 1913-1989), 미즈타 히로시(水田洋, 1919-2023), 히라타 키요아키(平田清明, 1922-1995)의 연구가 유명하다.

9 斎藤幸平・佐々木隆治 ; 神岡秀治訳,「日本における『資本論』翻訳史」,『マルクス研究会年誌』, マルクス研究会, 2017年, 第1号, pp.4~29.

10 山田鋭夫他編,『市民社会と民主主義 : レギュラシオン・アプローチから』, 藤原書店, 2018年.

11 스즈키 코이치로(鈴木鴻一郎, 1910-1983), 야마구치 시게카츠(山口重克, 1932-2021), 이토 마코토(伊藤誠, 1936-2023), 오바타 미치아키(小

수리 마르크스 경제학은 오키시오 노부오(置塩信雄, 1927-2003)의『再生産の理論(재생산의 이론)』(1957)과『蓄積論(축적론)』(1967)을 시초로 한다.[12] 이전까지 마르크스 경제학은 근대 경제학 외부에서 비판을 가해왔지만, 수리화를 통해 내부적 비판을 가한 점이 의의가 크다. 특히 1980년대부터 이러한 접근을 채택한 경제학자들이 활발히 활동하며,[13] 국제적으로 높은 영향력을 가지게 되었다.[14]

한편, 마르크스 경제학은 정치와 지나치게 결부되어 있었기 때문에 이에 대한 반성의 움직임도 있었다. 그 결과, 1959년에 247명의 연구자들이 순수 학술적인 연구 학회로서 "경제이론학회"를 창설하였다. 경제이론학회는 네 가지 분파 간 이론적 논쟁이 이루어지는 공통된 장으로 역할을

幡道昭, 1950-)의 연구가 유명하다.

12 1973년 영국에서 발표된 모리시마 미치오(森嶋通夫, 1923-2004)의 Morishima, M., *Marx's economics: A dual theory of value and growth*, Cambridge University Press, 1973도 큰 의의가 있지만, 모리시마가 출판 후 마르크스를 비판했기 때문에 일본 마르크스 경제학 학계 내에서는 충분히 수용되지 못했다. 八木紀一郎,「日本アカデミズムのなかのマルクス経済学分岐と変貌」,『季刊・現代の理論』, 現代の理論編集委員会, 2018年, 第16号.

13 미츠치 슈헤이(三土修平, 1949-), 오니시 히로시(大西広, 1956-), 마쓰오 타다스(松尾匡, 1964-)의 연구가 유명하다.

14 한편, 수리 마르크스 경제학을 활용한 분석마르크스주의자이자 매사추세츠대학교 애머스트 캠퍼스의 교수인 요시하라 나오키(吉原直毅, 1967-)의 연구는 세계적으로도 유명하다.

했다.[15] 회원 수는 1977년에 1,000명을 돌파했으나, 마르크스주의 연구가 쇠퇴한 최근에는 진화경제학, 제도파, 케인즈 학파가 합류하면서 약 700명의 회원 수를 유지하고 있다.[16]

2.3 1980년대 이후: 신MEGA 연구와 SGCIME

1980년대 이후, 현실 사회주의의 붕괴와 함께 기존 연구 방법론의 한계가 드러나면서 일본 내 마르크스주의 연구도 쇠퇴의 길을 걷게 되었다. 1997년, 많은 마르크스주의 연구자들이 진화경제학회를 창립하며 연구 방향을 전환해갔다. 수리 마르크스 경제학은 지속적으로 연구자를 양성해왔지만, 최근 주요 대학에서 연구자 양성이 중단된 문제가 있다.[17] 이러한 상황에서, 신MEGA 연구 그룹과 SGCIME는 연구자 간의 네트워크를 유지하면서 이론적 혁신과 계승을 지속하는 점에서 주목할 만하다.

---

15 경제이론학회의 초대 대표간사는 노농파인 오오우치 효에(大內兵衛, 1888-1980), 2대 대표간사는 강좌파인 미야케 요시오(三宅義夫, 1916-1996)였지만, 노농파와 강좌파의 대립은 더 이상 주요 학술적 논쟁의 축을 이루지 못했다.

16 日本経済学会連合, 「加盟学会」, 『日本経済学会連合』, https://www.ibi-japan.co.jp/gakkairengo/htdocs/kamei/index.html (2024.8.1).

17 교토대학 교수였던 오니시 히로시가 2012년 게이오대학으로 이직하면서 교토대학의 수리 마르크스 경제학 연구자 양성이 중단되었다. 2022년 오니시가 게이오대학에서 정년퇴직함에 따라, 앞으로 대학원 수준에서의 수리 마르크스 경제학 연구자 양성이 불투명해졌다.

(1) 신MEGA 연구

1984년, 센다이의 도호쿠 대학에서 열린 경제학사 학회 전국 대회를 계기로, 경제학사학회 및 경제이론학회에 소속된 젊은 연구자 약 30명이 "젊은 마르크스·엥겔스 연구자 모임"을 발족시켰다. 1988년에는 "마르크스·엥겔스 연구자 모임"으로 명칭을 변경하여 일시적으로 회원 수가 100명에 이르렀다. 그러나 2020년 신종 코로나바이러스 감염증 사태로 인해 연 1회의 연구 모임 개최와 학술지『マルクス·エンゲルス·マルクス主義研究(마르크스·엥겔스·마르크스주의 연구)』발행이 중단되었다.

한편, 많은 회원들은 1989년 동유럽 변혁 이후 신 MEGA의 편집 협력에 참여하여 마르크스의『자본론』초고와 발췌노트의 출간을 현재도 계속 지원하고 있다. 또한, 신 MEGA 연구가 마르크스의 텍스트에 대한 정확한 이해를 바탕으로 이론을 구축하려는 구루마 사메조(久留間鮫造, 1893-1982)의『マルクス経済学レキシコン(마르크스 경제학 렉시콘)』과 문제 의식을 공유하고 있음을 보여준다.[18] 이로 인해, 구루마 학파의 많은 연구자가 신MEGA 연구에 참여하게 되었다.

---

18 렉시콘(Lexicon)은 어휘 목록 또는 사전을 의미한다.

동시에 오타니 데이노스케(大谷禎之介, 1934-2019)의 이론적 공헌과 함께,[19] 학계 내에서 이론적으로 소수파였던 구루마 학파는 2000년을 전후하여 학계의 중심에 서게 되었다. 주요 연구자로는 히토츠바시대학 교수인 이와사 시게루(岩佐茂, 1946-), 타이라코 토모나가(平子友長, 1951-), 히토츠바시대학 출신인 사사키 류지(佐々木隆治, 1974-),[20] 아카시 히데토(明石英人, 1970-), 스미다 소이치로(隅田聡一郎, 1986-) 등이 있다. 또한, 릿쿄대학 교수인 코니시 카즈오(小西一雄, 1948-), 마에하타 노리코(前畑憲子, 1947-), 릿쿄대학 출신인 미야타 코레후미(宮田惟史, 1983-) 등도 있다. 2010년대 후반에는 구루마 학파의 일원인 사이토 고헤이(斎藤幸平, 1987-)가 세계적인 연구자로 급부상하며, 그가 논의하는 탈성장론이 학계 내외에 널리 확산되었다.

(2) SGCIME

---

19 오타니의 주요 저서는 한국에서도 이미 번역되었다. 오타니 데이노스케, 정연소 역,『그림으로 설명하는 사회경제학』, 한울아카데미, 2010.
20 사사키는 물상화론 연구가 유명하며, 그의 저서도 한국어로 번역되어 있다. 사사키 류지, 정성진 역,『한 권으로 읽는 마르크스와 자본론』, 산지니, 2020. 한편, 젊은이들의 노동 및 빈곤 문제가 심각해진 2006년에 당시 대학생이었던 콘노 하루키(今野晴貴, 1983-)는 NPO 법인 POSSE를 설립하여 젊은이들의 노동 및 빈곤 문제에 대응하고 있는데, 사사키도 이 활동에 깊이 관여하고 있다.

1997년에 우노 학파를 중심으로 결성된 SGCIME(Study Group of Contemporary Issues in Marxian Economics, 마르크스 경제학의 현대적 과제 연구회)는 기존 이론과 연구의 비판적 검토를 거쳐 마르크스 경제학이 현대에 수행해야 할 과제를 논의하는 연구 집단으로 발족했다.

이 모임은 봄과 여름에 연 2회 정기 합숙 연구회를 개최하고 있다. SGCIME의 큰 특징은 대학원생을 포함한 젊은 연구자 및 중견 연구자들이 활발하게 논의를 진행한다는 점이다. 또한, 많은 출판사가 마르크스 경제학 연구서 출판을 중단한 가운데, SGCIME는 연구 성과를 바탕으로 "글로벌 자본주의"라는 시리즈로 논문집을 출판하며 이론적 혁신을 지속하고 있다. 원리론 분야에서는 오바타 미치아키, 단계론·현상 분석에서는 카와무라 테츠지(河村哲二, 1951-), 페미니즘 경제학에서는 아다치 마리코(足立眞理子, 1953-), 중앙은행론에서는 다나카 히데아키(田中英明, 1965-), 공황론에서는 요시무라 노부유키(吉村信之, 1968-), 자본 개념 재검토에서는 시미즈 마사시(清水真志, 1970-)가 주목할 만한 연구 성과를 내고 있다.

최근에는 그룹 내에서 젊은 학자 중 한 명인 에하라 케이(江原慶, 1987-)가 오바타 미치아키가 제창한 변용론을 도입하는 학자들을 신 우노 학파로 부르며, 이전의 순수자본주의 모델을 추구하는 구 우노 학파와 구별하고,[21] 이론적 전환을 통한 연구 방법의 혁신을 추진하고 있다.[22]

2.4 2010년대 이후: 마르크스 경제학의 쇠퇴와 경제 사상사의 확장

일본 내에서 마르크스 경제학 연구자의 양성 기관으로서 도쿄대학, 교토대학, 히토츠바시대학의 중요성은 매우 컸다. 그러나 도쿄대학은 2016년 오바타 미치아키의 정년퇴직, 교토대학은 2020년 우니 히로유키(宇仁宏幸, 1954-)의 정년퇴직을 끝으로 두 대학의 경제학부에는 더 이상 마르크스 경제학 전임 교수가 존재하지 않게 되었다. 히토츠바시대학 경제학부에서는 그 이전부터 마르크스 경제학자가 공석인 상태였다. 현재도 도쿄대학과 교토대학 경제학부에서는 마르크스 경제학 관련 강의가 존재하지만, 모든 강의는 외부의 시간강사에 의해 이루어져 연구 지도가 불가능한 상황이다.

---

21 우노 코조의 순수자본주의론은 자본주의 사회와 비자본주의 사회를 구별하고 자본주의의 본질적인 구조를 탐구하는 반면, 오바타 미치아키의 변용론은 자본주의의 내적 전개의 분기 구조와 경제 외적 조건의 작용을 분석하여 자본주의 변화상을 이론적으로 탐구하는 점에서 차이가 있다.

22 Ehara, K., "Theorizing Bank Capital: Neo-Unoist Approach", in Ehara, K. (eds.), *Japanese Discourses on the Marxian Theory of Finance*, Palgrave Macmillan, 2022, pp.159-183.

한편, 일본경제신문사가 운영하는 "NIKKEI STYLE" 의 2019년 12월 1일 자 기사에서 당시 도쿄대학 경제학부장인 와타나베 츠토무(渡辺努, 1959-)의 "어느 시점에서 도쿄대 경제학부는 마르크스 경제학을 전공하는 전임 교수를 신규로 채용하지 않기로 결정했습니다"라는 인터뷰가 공개되면서,[23] 마르크스 경제학의 쇠퇴가 공식적으로 확인되었다.[24]

이에 반해, 경제 사상사와 사회학부에서는 새로운 전환점이 마련되고 있다. 2022년, 사이토 고헤이가 도쿄대학 대학원 종합문화연구과의 교원으로 임용되었다. 히토츠바시 대학 사회학부에서는 2014년 타이라코 토모나가의 정년퇴직과 함께 마르크스주의 관련 연구가 중단되었으나, 2024년 카시와자키 마사노리(柏崎正憲, 1983-)가 사회학부 교원으로 채용되었다.

따라서 일본의 마르크스주의 관련 연구는 2010년대까지 배출된 연구자들이 분발하는 가운데, 앞으로는 마르크스 경제학 이외의 분야에서 연구자가 양성될 것으로 기대되고 있다. 하지만 앞서 언급한 세 대학 외에도 여러 대학에 마르

---

23 前田裕之, "東大と京大、経済学部100年 : 定年や給与・入試見直し", 〈NIKKEI STYLE〉, 2019.12.1.

24 이 발언에 대해 경제이론학회는 도쿄대학에 공개 질문서를 보내 항의했으나, 도쿄대학의 와타나베 츠토무 경제학부장은 기사 내용이 인터뷰와 다르다고 답변했고, 결국 기사 내용이 수정되면서 사건은 마무리되었다.

크스주의와 마르크스 경제학 관련 연구를 진행하는 대학원생들이 분포하고 있다. 또한, 2022년 우노 학파의 에하라 케이가 도쿄과학대학에 교원으로 임용되어 마르크스 경제학 연구자의 양성이 기대되고 있다.[25]

3. 젊은 마르크스주의 연구자들의 연구와 활동[26]

3.1 에하라 케이 (江原慶, 1987-)

에하라 케이가 마르크스 경제학을 전공하게 된 동기는 도쿄대학 2학년 시절에 수강한 경제학 기초 과목에 있다. 특히 마르크스 경제학이 이해하기 어려웠던 점이 그의 흥미를 끌었으며, 교과서와 강의 내용의 불일치, 그리고 스스로 사고할 것을 요구받는 문제들에 직면한 경험이 그에게 진정한 학문이 무엇인지 느끼게 했다. 이러한 경험이 그를 마르크스 경제학 전공으로 이끌었다. 학부 3학년 때는 서브프라임모

---

25 도쿄과학대학은 도쿄공업대학과 도쿄의과치과대학이 통합하여 2024년 10월에 설립되었다.

26 아래의 학자들 중 에하라 케이와 유키 츠요시는 우노 학파에 속하며, 사이토 고헤이와 스미다 소이치로는 구루마 학파에 속한다. 카시와자키 마사노리는 독자적인 연구를 수행해 왔으나, 최근에는 구루마 학파와의 접점이 많다. 한편, 유키 츠요시(2014년), 에하라 케이(2015년), 사이토 고헤이(2019년), 스미다 소이치로(2024년)는 일본 내 마르크스주의 관련 연구에서 가장 권위 있는 상인 경제이론학회 장려상을 수상한 바 있다.

기지 사태가 발생하였고, 그 영향을 받아 금융을 주제로 졸업 논문을 작성했다.[27] 박사 과정에서는 경기 순환론에 몰두하였고, 2015년에 도쿄대학에서 박사 학위를 받았다. 2016년에 지도교수인 오바타 미치아키가 도쿄대학 경제학부에서 정년퇴직함으로써, 에하라는 도쿄대학에서 마르크스 경제학으로 박사 학위를 받은 마지막 세대 중 한 명이 되었다.

에하라의 연구는 마르크스 경제학을 기반으로 하면서, 신용론, 경기 순환론, 노동 조직론, 지대론 등 다양한 주제를 아우르고 있다. 특히, 2015년 박사 학위를 받은 후 10년이 안 되는 연구 기간 동안 다양한 연구 성과를 지속적으로 발표하고 있다. 2018년에는 박사 논문을 바탕으로 한『資本主義的市場と恐慌の理論(자본주의적 시장과 공황의 이론)』을 출판했다. 이 연구는 마르크스 경제학에서 경기 순환론과 공황론의 혁신을 가져왔고, 이후에도 우노 경제학의 원리론에 대한 비판과 방법론적 혁신을 계속해 왔다. 2024년에는 7년간 발표한 논문을 모아『マルクス価値論を編みなおす(마르크스의 가치론을 새로이 엮어내다)』를 출판하며 마르크스 경제학에서 신용화폐론을 더욱 혁신하고 있다.

---

27 江原慶(2022), 「どれだけ研究しても、まだわからない：マルクス経済学は日本特有の古くて新しい学問」, 『東京工業大学リベラルアーツ研究教育院 News』, https://educ.titech.ac.jp/ila/news/2022_07/062800.html (2024.8.1).

또한, 에하라는 뛰어난 영어 실력을 바탕으로 일본의 연구를 해외에 소개하며, 국제 학술지에 많은 논문을 발표하고 있다. 그는 일본 국내뿐만 아니라 국제적인 관점에서도 마르크스 경제학을 고찰하며, 국제 학술 교류에도 기여하고 있다. 이를 통해 그의 연구는 마르크스 경제학의 다면적인 이해를 깊게 하고 있다.

그의 연구 성과는 국내외에서 높이 평가받고 있어, 우노 학파 내에서는 우노, 야마구치, 오바타, 에하라로 이어지는 이론적 세대 교체의 징후가 보인다. 그러나 에하라의 연구는 오바타의 연구와 마찬가지로 기존 논의를 뒤엎는 혁신성을 내포하고 있어 학계 내에서는 이탈로 받아들여져, 쉽게 받아들여지지 않는 경향도 있다.

3.2 유키 츠요시(結城剛志, 1977-)

유키 츠요시는 노동증권론, 경제원론, 화폐론의 전문가로, 그의 연구는 다각적인 이론적 관심에 기반하고 있다. 그는 우노 학파에 속해 있으면서도 학파를 초월한 논쟁이 가능하다. 최근 마르크스주의 관련 연구에서는 연구 영역별로 심화가 진행되면서, 학파별로 용어 정의와 분석 접근법의 차이로 인해 상호 연구가 거의 소통 불가능한 상황에 이르렀다. 이러한 상황에서 유키는 구루마 학파의 물상화론과 신우노 학파의 변용론을 모두 이해하고, 두 학파 간의 연구를

소통시키는 능력을 가진 거의 유일한 인물이다.[28]

유키의 노동증권론에 대한 관심은 학부 시절부터 시작되었다. 그는 자본주의 경제의 기본적인 모순에 관심을 가지며 다양한 책을 탐독했다. 마르크스 학파의 이론적 정확성을 느끼면서도 소련 붕괴로 인한 여론의 부정적인 반응에 이질감을 느꼈다. 유키는 유토피아 사회주의와 초기 마르크스에 기대를 걸고, 마르크스 체계를 내부에서 상대화하는 시각을 모색했다.[29]

고쿠가쿠인대학 경제학부에서 유키는 도쿄대학에서 퇴임 후 고쿠가쿠인대학 교수로 임용된 이토 마코토의 강의에 영향을 받았다. 이토의 소개로 학부 시절부터 도쿄대학 오바타 미치아키의 연구실에서 청강하며, 도쿄대학 대학원에 입학해 2010년에 박사논문을 제출했다. 2009년에는 사이타마대학 경제학부 교원으로 임용되어 교육과 연구 양면에서 기여를 계속하고 있다.

유키의 연구는 노동증권론을 중심으로 경제원론과 화폐론의 혁신을 추구하며, 특히 일본에서 최초로 현대화폐이론(MMT)에 대한 비판적 검토를 수행한 점에서 큰 의의를 가진

---

28 結城剛志,「ポストキャピタリズム論の諸相:貨幣の社会化への射程」,『季刊経済理論』, 経済理論学会, 2020年, 第57巻第2号, pp.40~54.

29 結城剛志,『労働証券論の歴史的位相:貨幣と市場をめぐるヴィジョン』, 日本評論社, 2013年, pp.261~263.

다.[30] 그의 다각적인 이론적 관심과 학파를 초월한 소통 능력은 일본 내 마르크스주의 관련 연구의 상호 발전에 큰 도움이 되고 있다.

또한, 유키는 화폐론 전문가인 이즈미 마사키(泉正樹, 1975-), 상업자본론 전문가인 시바사키 신야(柴崎愼也, 1984-), 에하라 케이와 함께 2019년에 『これからの経済原論(앞으로의 경제원론)』을 출판했다.[31] 이 저서는 새로운 세대가 마르크스 경제학 관련 강의서를 새롭게 제시했다는 점에서 좋은 평가를 받고 있다.[32]

3.3 사이토 고헤이(斎藤幸平, 1987-)

사이토 고헤이는 고등학교 2학년 시절, 문과와 이과의 구분에 대한 의문을 느끼고, 미국에서 장학금을 받아 리버럴 아츠를 공부하기로 결심했다. 그러나 장학금을 받지 못할 경우를 대비해 도쿄대학에 지원·합격하여, 도쿄대학 이과 2류에서 전공과 관계없이 정치학과 철학 강의를 다수 수강했

---

30 結城剛志, "現代貨幣論(MMT)はどこが間違っているのか〈ゼロから始める経済学·第7回〉", 〈ハーバー·ビジネス·オンライン〉, 2019.7.1, https://hbol.jp/pc/195466/ (2024.7.31).

31 이 네 명은 도쿄대학 대학원 시절 함께 연구했던 동료들이며, SGCIME 에서 활동하는 주요 젊은 마르크스 경제학 연구자들이다.

32 瀬尾崇, 「書評 これからの経済原論」, 『季刊経済理論』, 経済理論学会, 2020年, 第57巻第3号, pp.85-88.

다.[33] 이 과정에서 일본의 빈곤 문제와 노동 문제에 충격을 받아 자본주의 문제와 마르크스에 대한 관심이 높아졌다.[34]

이후 장학금 신청이 통과되어 도쿄대를 3개월 만에 그만두고 미국의 웨슬리언대학교에 진학했다. 미국 유학 시절, 허리케인 카트리나 피해 지역에서 자원봉사에 참여하여 미국의 심각한 불평등 문제를 목격한 것이 그의 연구 전환점이 되었다. 특히 미국 좌파 지식인들에 의한 자본주의 논의가 표면적인 측면에서 그치는 경우가 많아, 이러한 불편함이 그를 독일 대학원으로 이끌었다. 더불어 독일 대학원에서 공부하던 중 동일본 대지진이 발생하여 자본주의와 생태 문제에 대한 관심이 깊어졌다.[35] 독일에서 마르크스를 연구하는 동료들을 만나 신MEGA를 편집하는 국제 연구팀에 참여하게 되었고, 마르크스의 자연과학 노트를 바탕으로 박사 논문을 집필했다.

사이토는 2018년 마르크스주의 연구에서 우수한 성과

33 사이토는 도쿄대학 학부 신입생 시절, 오타니 데이노스케로부터 마르크스의 원고 해독법을 직접 배우며 마르크스주의에 입문했다고 전해진다. 사이토 고헤이, 정성진 역, 『제로에서 시작하는 자본론』, arte, 2024, 258쪽.

34 週刊朝日, "經濟思想家·齋藤幸平 : 米留学で「リベラルの資本主義の議論はきれいごと」と感じる", 〈朝日新聞〉, 2021.4.16.

35 情熱大陸, "經濟思想家 / 齋藤幸平 : 今どき！？それとも今だからこそ？ : 世界も注目の若きマルクス研究者", 〈毎日新聞〉, 2023.11.17.

를 낸 학자에게 수여되는 '도이처 상'을 일본인 최초이자 역사상 최연소인 31세에 수상하였으며, 2020년 일본 학술진흥회 상을 수상하는 등 그의 연구 성과가 높이 평가받고 있다. 또한, 2020년에 출판한 『人新世の「資本論」(한국어판:지속 불가능 자본주의)』은 판매 부수가 50만 부를 돌파하여 학계뿐만 아니라 일반 대중에게도 널리 알려져 있다. 사이토의 다양한 저서들은 여러 국가에 번역되었으며, 젊은 나이에도 불구하고 세계적으로 유명한 학자가 되었다. 사이토의 연구 동기는 이론과 실천의 양립을 목표로 하며, 연구뿐만 아니라 다양한 현장을 찾아 세상으로부터 자극을 받아 그 사상을 더욱 발전시키는 것이다.

3.4 스미다 소이치로(隅田聡一郎, 1986-)

스미다 소이치로는 2012년 히토츠바시대학 박사 과정 1년 차부터 일본 신MEGA 편집위원회의 편집위원으로 활동을 지속하고 있다. 그의 연구는 2011년 후쿠시마 원전 사고 이후 반핵 운동에 참여하면서 심화되었다. 또한, 베를린과 라이프치히에서의 유학 중에 많은 좌익 활동가와 지식인들과 교류하며 그의 연구에 큰 영향을 받았다. 특히, 기후 위기, 반인종주의, 난민 수용을 촉구하는 시위에 참여하며 현장에서 많은 자극을 받았다. 이러한 경험은 그의 연구 주제인 "대항하는 마르크스"에 대한 동기를 더욱 높였다. 스미다는 지구 환경 파괴, 팬데믹, 지정학적 갈등의 심화 등 '복합 위기'가 진행되는 가운데 자신의 연구의 중요성을 다시 확인했다.[36] 스미다의 전문 영역인 마르크스주의 및 신MEGA에 기초한 국가론 및 국가 비판은 학계 내에서 최고의 수준으로 평가받고 있다.

스미다는 박사 과정에 재학 중이던 2016년에 마르크스 연구회를 설립하고, 현재까지 운영 위원으로 활동하고 있다. 일본에서 마르크스주의 관련 연구가 쇠퇴함에 따라, 마르크스주의를 연구하는 진입 장벽이 높아졌다. 이러한 상황에서 마르크스연구회는 '자본론 독서회'나 '정례연구회'를 개최하여 학부생과 대학원생의 참여를 독려했다. 이를 통해 이들의 마르크스주의에 대한 흥미를 실제 연구로 연결시키는 역할을 했다.

스미다의 연구는 광범위한 학문적 기초와 현장에서의 실천적 경험을 바탕으로 하고 있으며, 앞으로도 더 큰 발전이 기대된다. 2022년부터는 오사카 경제대학 경제학부의 교원으로 임용되어, 교육과 연구 양면에서 새로운 기여를 계속하고 있다.

---

36 스미다 소이치로, 정성진·서성광 역, 『국가에 대항하는 마르크스-'정치의 타율성'에 대하여』, 산지니, 2024, 385~389쪽.

3.5 카시와자키 마사노리(柏崎正憲, 1983-)

카시와자키 마사노리의 경우 난민 지원 활동에 참여한 경험이 연구에 큰 영향을 미쳤다. 그가 난민 지원 활동을 시작한 계기는 도쿄외국어대학 대학원생 시절 사회운동과 시위에 참여하면서 알게 된 사람들과의 인연이었다. 2009년 일본 내에 민주당 정권이 들어서면서 난민 신청자의 수용이 증가하였고, 친한 지인이 수용된 사건을 계기로 카시와자키는 이 문제에 깊이 관여하게 되었다.[37] 2009년부터 카시와자키는 "SYI收容者友人有志一同(수용자 친구들의 모임)"이라는 그룹에서 활동하며, 입국 관리 체계에 반대하고 비정규 체류자를 지원하는 활동을 계속하고 있다. 이러한 경험에서 얻은 사례를 바탕으로, 그의 연구는 입국 관리 체계 문제를 중심으로 전개되고 있다.

카시와자키의 연구는 마르크스주의 연구를 기반으로 입국 관리 정책, 이민 정책, 일본의 역사 수정주의, 국가론, 노동과 자유의 사상사 등 다양한 주제를 다루고 있다. 특히 일본의 난민 정책의 역사적 배경과 현황을 분석하면서,[38] 입국 관리 체계의 문제점을 비판적으로 검토한 그의 분석은 주목

---

37 柏崎正憲, 「現代世界の国境強化と日本の入管政策」, 経済理論学会「現代の労働・貧困問題」分科会, 一橋大学, 2024.6.30.

38 柏崎正憲, 「難民条約締結前における日本の入国管理政策と在留特別許可」, 『平和研究』, 日本平和学会, 2018年, 第48号, pp.109~126.

할 만하다.[39] 그의 연구는 사회운동과 난민 지원 활동과의 상호작용을 통해 심화되고 있으며, 이러한 경험은 그의 학문적 접근에 현실감과 깊이를 더해주고 있다. 또한 노동과 자유의 사상사에 관한 연구에서는 사회운동에서의 실천적 문제 의식이 이론적 탐구를 뒷받침하고 있다.

카시와자키의 연구는 사회운동과 학문이 상호 영향을 주고받으며 심화되고 있으며, 앞으로도 그의 활동과 연구가 일본 마르크스주의 연구에 새로운 시각과 활력을 제공할 것으로 기대된다. 2024년에는 히토츠바시대학 사회학부의 교원으로 임용되어,[40] 히토츠바시대학 마르크스주의 연구의 부활을 이끌고 앞으로 연구자 양성에 기여할 것으로 기대된다.

---

39 柏崎正憲, 「日本の『入国管理』体制 事実上の移民政策と制度化された人権侵害を問う」, 『季刊経済理論』, 経済理論学会, 2023年, 第60巻第2号, pp.6~20.

40 카시와자키는 어느 날 연구회에서 피곤한 모습을 보였는데, 이는 심야에 라면 가게 아르바이트를 마친 후 바로 연구회에 참석했기 때문이라고 했다. 그는 생활비를 마련하면서도 연구 시간을 확보하기 위해 이삿짐센터에서 단기 아르바이트를 하다가 건강이 악화된 적도 있다. 2012년에 박사학위를 취득한 이후, 2024년에 전임 교원으로 임용되기까지 여러 대학에서 조교나 비정규직 시간강사로 일하며 이러한 생활을 지속해온 듯하다. 불안정한 시기에도 계속해온 난민 지원 활동, 육체 노동, 연구에 대한 헌신은 그의 신체로 유물론적 극한을 실증한 사례로 보인다.

4. 맺음말

이 글에서는 일본의 젊은 마르크스주의 연구자들이 어떻게 사회운동과 학문 연구를 결합하여 현대 일본의 여러 문제에 대응하고 있는지 고찰하였다. 일본의 젊은 마르크스주의 연구자들은 학문과 실천 사이에서 긴밀한 관계를 유지하면서도 상호 영향을 주고받는 형태로 활동을 전개하고 있다. 이러한 관계는 학문적 이론과 사회적 실천 간의 분업을 극복하고, 새로운 지식과 접근법을 창출하는 원동력이 되고 있다.

그러나, 이론과 실천 간에는 여전히 과제가 남아 있으며, 학파 간 연계와 융합이 요구되고 있다. 특히, 다른 학파 간의 언어와 분석 접근법의 차이가 소통의 장애가 되는 경우가 많아, 상호 연구를 이해하기 위한 '통역자'의 역할 및 소통의 도구가 중요한 것이 확인되었다.[41]

또한, 일본의 젊은 마르크스주의 연구자들의 활동은 외재적 동기와 내재적 토양 두 가지 요소에 의해 지지되고 있음이 밝혀졌다. 외재적 동기로는 2008년 세계 금융 위기와

---

41 정성진은 마르크스의 『자본론』을 독해함으로써, 마르크스 경제학을 재구성하고 자본주의 사회 관계 분석의 필수적 도구로 삼아야 한다고 주장한다. 정성진, 『21세기 마르크스경제학』, 산지니, 2020, 9-11쪽. 이는 『자본론』이 학파 간의 공통어로서 가지는 중요성을 강조하는 것으로, 학파 간의 '통역자' 역할의 필요성을 넘어서 상호 소통의 기초를 정립하는 데 중요한 문제제기라고 할 수 있다.

2011년 동일본 대지진과 같은 중대한 사회적·경제적 위기가 있다. 이러한 사건들은 젊은 연구자들에게 현실 사회 문제에 대한 관심을 불러일으켰고, 그들이 이론적 연구에 머무르지 않고 실천적 사회운동에 참여하는 계기가 되었다. 특히, 세계 금융 위기와 지진 이후의 복구 문제는 마르크스주의 시각에서의 분석과 행동을 요구하는 중요한 주제로 부각되었다.

내재적 토양으로는 이론적 기초와 연구의 기반이 되는 아카데미의 존재가 강조된다. 일본의 마르크스주의 연구는 1945년 이전부터 이어진 오랜 역사와 전통을 지니고 있으며, 전후에는 네 개의 주요 분파를 형성하였다. 이러한 풍부한 이론적 기초가 젊은 연구자들의 학문적 탐구를 지지하고 있다. 또한, 신MEGA 연구 그룹이나 SGCIME와 같은 연구 단체들은 젊은 연구자들이 이론적 혁신을 추구하고 현대의 사회 문제에 대응할 수 있는 중요한 네트워크를 제공하고 있다.

한편, 한국에서도 외재적 동기와 내재적 토양 두 가지 요소가 중요한 역할을 했다. 외재적 동기로는 1997년 IMF 금융 위기와 2008년 세계 금융 위기, 2014년 세월호 참사 같은 중대한 사회적·경제적 사건들이 작용했다. 이러한 사건들은 한국의 젊은 연구자들에게 현실 사회 문제에 대한 깊은 관심을 불러일으켰고, 그들이 이론적 연구에 머무르지 않고 실천적 사회운동에 참여하는 계기가 되었다.

내재적 토양으로는 한국의 마르크스주의 연구가 1980
년대 민주화 운동과 함께 급속히 발전하였고, 여러 대학과
연구 기관에서 활발히 이루어졌다는 데 있다. 그러나 최근
몇 년간 이러한 학문적 토양이 약해지고 있어 안타까운 상
황이다. 이러한 점에서 일본의 사례는 한국에게도 중요한 시
사점을 제공한다.

마지막으로, 한국의 젊은 세대에게도 일본의 젊은 연구
자들의 노력은 공통의 과제에 대한 새로운 시각을 제공하며,
사회운동과 학문 연구의 융합 가능성을 시사한다. 이를 통
해 양국의 젊은 세대가 함께 미래를 개척하기 위한 중요한
시사점을 얻을 수 있을 것이다.

서성광

1986년생. 사이타마대학 인문사회과학연구과 박사과정 재학 중. 야마테비즈니스
칼리지 시간강사 및 한국노동연구원 해외통신원. 전문 분야는 마르크스경제학에
기초한 중앙은행론.

∞ 쟁점-서평

미친, 배반의 노래

『미친, 사랑의 노래-김언희의 시를 둘러싼 (유사) 비평들』, 밀사 외 지음,
현실문화, 2024

오혜진

최근 문화예술장에서 김언희의 이름이 부쩍 눈에 띈다.
일군의 젊은 창작자들이 김언희와 그의 시를 적극 소환하
고 있기 때문이다. 이 현상은 특히 미술계에서 두드러지는
데, 이를테면 미술작가 이미래와 차연서, 미술비평가 이연숙
등은 김언희 시를 모티프로 삼은 작업들을 연이어 발표하고
있다.[1]

---

1 김언희의 시를 모티프로 삼거나 김언희와 협력해 제작된 작업(전시)의
대표적 예들은 다음과 같다.
   - 김효진 · 감동환 · 윤정의 단체전, 이미래 · 이연숙 · 고대영 기획, 〈굿
   게임Good Game〉, 서울시 마포구 연희로 11마길 21, 2020. 7. 17~7.
   19.
   - 이미래 개인전 〈캐리어즈Carriers〉, 아트선재센터, 2020. 7 .23~9. 13.
   - 차연서 개인전 〈이 기막힌 잠〉, 에너지후이즈쉬게임즈, 2023.
   - 차연서 개인전 〈꽃다발은 아직〉, 상업화랑, 2024. 3. 9~3. 30.
   - 세실리아 비쿠냐 · 차연서 · 제시 천 · 나미라 · 차학경 단체전, 문지윤

2010년대 페미니즘과 퀴어정치학의 부상을 계기로 퀴어/페미니즘과 관련된 문화적 유산이 재조명되고 있는 것은 주지의 사실이다. 1990년대 '여성소설'이 특유의 산문정신을 발휘해 당대 '여성 문제'를 새롭게 구성하고 고발한 선도적인 장르였다면, 이전까지 가부장적 호명으로 간주되던 '여성시'는 1990년대에 들어 독자적인 미학을 창안한 혁신적인 장르로 재정립됐기에 주목의 대상이 됐다.

하지만 어째서 최승자도 김혜순도 아닌, 김언희일까. 좁디좁은 퀴어예술 신scene에서 인상적으로 전개되는 '김언희 붐'을 목도하며 두 가지가 궁금해졌다. 하나는 젊은 창작자들이 김언희에게 매료된 이유다. 언뜻 보기에 1953년 진주 태생인, 즉 "'지방'에 거주하는 '늙은' '여성' 시인"이라는 3중의 소외가 늘 스스로를 깨어 있게 한다[2]는 김언희와 서울(유수 대학) 중심의 인문예술 담론을 접하며 경력을 축적해

기획, 〈혀 달린 비〉, 아트선재센터, 2024. 4. 4~5. 5.
- 차연서 개인전 〈살도 뼈도 없는 나에게〉, 청년예술청, 2024. 9. 3~9. 13.
- 이미래 '봐라, 나는 사랑에 미쳐 날뛰는 오물의 분수: 터널 조각 1', 단체전 〈접속하는 몸: 아시아의 여성미술가들〉, 국립현대미술관, 2024. 9. 3~2025. 3. 3.

2   김언희 · 기혁, 「'지금, 여기'에서 김언희를 읽는다는 것」, 『모:든 시』 1, 세상의모든시집, 2017. 9, 42쪽. '지방에 거주하는 늙은 여성시인'이라는 김언희의 정체성은 『미친, 사랑의 노래』에 수록된 양효실과의 대담 「뭇 여래를 거친 개에 관해」 256~266쪽에서도 언급된다.

온 1990년대 전후 출생 창작자들의 접점은 거의 없어 보인다. 솔직히 말하자면 이런 궁금증의 이면에는 젊은 창작자들이 김언희 시의 정동과 스타일을 배태한 역사적 조건을 탈각·낭만화하는 다소 부주의한 방식으로 '김언희'를 자신들의 아이콘으로 선점한 것이 아닐까 하는 의심이 없지 않았다.

다른 하나는 김언희 시에 대한 새로운 해석과 평가의 내용이다. 1990년대 여성시사에서 김언희는 종종 '여성시인'으로 호명될지언정 당대 페미니즘과는 대체로 불화했고, 그런 복잡한 위상이 그를 쉬이 해석되지 않는 독보적인 시인으로 만들었다. '독보적'이라는 것은 바꿔 말하면, 김언희 시가 줄곧 적절한 자리를 배정받지 못한 채 문학사 바깥으로 밀려나 있었다는 뜻이기도 하다. 2000년대 초까지 김언희 시를 수식하는 가장 강력한 술어는 '엽기'와 '그로테스크'였고, 그의 시는 살인, 강간, 근친성교, 시체, 시취, 신체훼손, 피, 똥, 체액 등의 비체abject 이미지를 중심으로 독해됐다. 이 같은 전형적인 접근방식과 '1990년대식' 해석들이 오늘날 어떻게 기각·전유·갱신되는지 확인할 필요가 있을 것이다.

결론부터 말하자면, 밀사·박수연·변다원·성훈·양효실·영이·이미래·이연숙·이우연·진송·한초원·홍지영이 함께 쓴 책『미친, 사랑의 노래―김언희의 시를 둘러싼

(유사) 비평들』[3]은 내 의심과 궁금증들을 그럭저럭 해소해주
되 말끔히 해결해주지는 않는다. 이 책의 서문 격인 「들어가
며」를 쓴 이연숙은 비평, 소설, 에세이, 희곡, 사진, 대담 등
서로 다른 양식을 차용해 작성된 열두 편의 수록 글들을 '시
인론'이나 '작품론'과 같은 기성 문학/학술 제도의 규범화된
양식을 따르지 않는다는 점에서 '유사비평'이라 칭한다. 그
에 따르면 이 책은 "퀴어, 여성, 작가"(10)인 필자들이 김언희
시와 "지저분하게 연루"(8)되는 방식이자 "공모"(10)의 산물
이다. 요컨대 이 책은 김언희 시와 섣불리 연대하지도 적대
하지도 않고, 김언희와 자신을 손쉽게 동일시하지도 분리하
지도 않는 방식으로 김언희와 자신들의 관계를 설명하고자
한다. 그 의지는 성공적으로 달성됐을까.

*

먼저 '젊은 퀴어-여성-창작자들이 왜 김언희 시에 매료
되는가'라는 궁금증에 대해 말해보자. 김언희는 독자들이 자
신의 시를 읽는 이유를 자신의 시가 "도저히 회피할 수 없는
유형의 경험을 제공하기 때문"[4]이리라고 추측한 바 있다. 이

---

3   이하 이 책을 인용할 때에는 본문의 괄호 안에 쪽수만 표기한다.
4   김언희·김남호, 「無償, 無常의, 無想의, 無上의 놀이」, 『시와세계』 12,
     시와세계, 2005. 12, 117쪽.

책에 수록된 이미래의 글 「내가 언희 님과 언희 님 시에 대해 쓴 글」은 그 "회피할 수 없는 유형의 경험"이 무엇인지에 대한 직설적인 고백이다. 이 글에서 이미래는 무게, 형상, 점도 같은 물질성의 언어를 경유해 김언희 시 읽기의 쾌감과 서스펜스[5]를 묘사한다. 그는 김언희 시가 "사람들이 유해물질 봉투에 담아 보호구를 입고 처리할 물건들을 맨손으로 주무르고 이빨로 물어 나른다는 점, 그리고 경멸과 비하, 조소를 할 때조차 시인이 그 대상물과 맨피부를 맞대고 있는 것만 같"(217~218)다는 점에 탄복한다. 아무리 위험하거나 비천한 것이라도 끝의 끝까지 밀어붙인다는 것은 이미래에게 가장 황홀한 "미적 경험"(221)을 선사한다. 김언희 시의 과잉과 초과는 "종이가 찢어질 정도로 훌륭한 시"[6]를 쓰고 싶다는 시인의 말과 공명함으로써 타협 불가능한 예술가적 자의식의 산물로 해석된다.

그런데 흥미로운 것은 이 글이 김언희 시의 화자에 대한 "자기동일시"(215)를 원초적 경험으로서 명시한다는 점이다. 그는 김언희 시를 읽고서는 "내가 이 피와 양수를 빨아먹었구나, 여기에서 나는 태어났구나."라고 깨달으며 "마치 엄마를 생각할 때처럼 언희 님이 죽어서 내가 온 곳이 사라지게

5   김언희 시의 서스펜스에 관해서는 이 책에 수록된 성훈의 글 「연필 끝으로 입매 찌르기」에서 상세히 분석된다.
6   김언희, 「시인의 말」, 『요즘 우울하십니까?』, 문학동네, 2011, 5쪽.

되면 어떡하나 무서운 마음이 들"(216)기도 했다고 말한다. 즉 이미래는 김언희를 자신의 예술가 정체성의 시원, 즉 '예술'이라는 상징계에서 작동하는 모성적 팔루스로 상상한다.

하지만 여성이 예술이라는 상징계에서 타자일 수밖에 없다면, 타자가 자신의 존재를 보증하는 시원이나 계보를 욕망한다는 것은 어불성설이다. 김언희에게 '여성이 시를 쓴다는 것', 즉 '여성예술가'라는 것은 '어지자지', '불알 달린 계집', '종이고환을 달고 있는 환관'[7] 같은 것인데, 이것들이 지시하는 바는 유산의 결핍, 재생산의 박탈, 존재의 기형성과 불구성이다. 더구나 김언희가 부친살해는 물론 모친살해 또한 주된 모티프로 삼아온 시인임을 상기한다면, 그런 시인이 한 여성예술가에게 "엄마"라고 호명되는 장면은 꽤 어색하다. 심지어 김언희 시의 모친살해를 (아버지의 질서 못지 않게) 여성(성)에 대한 규범적 인식을 강제한 당대 페미니즘에 대한 시인의 태도라고 읽을 수 있다면, 김언희가 후대 여성예술가에게 아무런 유보 없이 동일시의 대상이 되는 것은 난센스다.

영이의 「구멍 난 피부와 죽음 없는 삶」은 내가 느낀 이 모종의 위화감이 터무니없는 것만은 아니리라는 심증을 굳

---

7 김언희의 시집 『보고 싶은 오빠』(창비, 2016)에 수록된 「어지자지」와 「방중개존물」에 등장하는 표현들이다.

히게 한다. 영이의 글이 관심 갖는 것은 김언희 시의 '죽음'과 '식인' 모티프다. 이를 분석하기 위해 영이는 『토템과 터부』에서 프로이트가 누락한 '식인 금지'에 대한 서술을 대신 수행한다. 이때 상기되는 것은 아들들이 스스로 죽인 아버지의 몸을 먹음으로써 아버지는 죽지 못하고 아들들의 몸을 통해 영원히 생으로 회귀한다는 점이다. 영원히 삶으로 회귀해야 한다는 것은 인류에게 더없는 고통이기에 '식인' 풍습은 곧 금기의 대상이 됐다는 것이 그의 가설이다. 이런 분석을 토대로 영이는 죽어지지 않는 것에 대한 공포를 발설하고 "끝나지 않는 생에 영원히 구역질할 권리"(171)를 주장하는 김언희의 화자들을 발견한다.

그런데 어떨까. 이 책에 실린 많은 필자들은 김언희 시가 나를 "읽지 말고 먹으라고"(10, 208) 주문하는 것처럼 느꼈다고 적는다. 김언희 시의 구절들을 콜라주하거나 김언희 시의 핵심 모티프와 정서를 차용하는 방식으로 작성된 다수의 글들(밀사, 한초원, 이우연, 변다원, 홍지영의 글)은 아마 정말로 김언희 시를 내장으로, 온몸으로 흡수하는 것을 주된 방법론으로 삼았을 것이다. 하지만 영이의 분석대로 누군가를 먹는 행위가 곧 누군가를 영원히 죽지 못하게 하는 것이라면, 김언희 시를 먹음으로써 자신이 곧 김언희가 되고 김언희를 자신 속에 영원히 살게 하는 이런 방식은 그야말로 김언희 시에 대한 "배반"이다.[8] 죽지 못하는 고통을 극한의 공포로 여기기에 모녀관계 · 여성연대 · 페미니즘 등 모든 순환과 대물림의 장치를 단호히 거부해온 김언희가 누군가의 동일시 대상이 됨으로써 영생 · 존속하기를 욕망할 것이라고 나는 좀처럼 생각할 수가 없다.

이 문제와 관련해 내게 설득력 있었던 것은 박수연의 글 「누가 그에게 여성을 배반했다 했는가」다. 그의 글은 이 책에서 김언희 시가 '독자를 배반하려고 쓰여진 것'이라는 점을 망각하지 않은 유일한 글이다. 즉 김언희를 '여성/퀴어/작가' 혹은 '여성시/페미니즘 시/예술가 시'의 계보로 소환하려는 독자와 문학사가들의 욕망이, 김언희 시가 배반하기 위해 부러 유도한 일종의 부비트랩일 수 있음을 이해한다는 뜻이다. 2000년 김정란과 남진우의 페미니즘 논쟁[9]에서 확인되듯, 그간 김언희 시는 일부 남성평론가들에게는 해체와 전복을 지향하는 일종의 '포스트 담론'으로서 수용된 페미

---

8 여기서 '김언희 시를 배반하는 독자, 독자를 배반하는 김언희의 시'라는 환원적 구도를 생각해볼 수 있다. 이는 김언희의 첫 시집 『트렁크』(세계사, 1995)에 수록된 「시인의 말」 중 "이 시편들 역시 독자를 선택할 것이다. ……배반하려고."라는 구절을 염두에 둔 판단이다.

9 김정란 · 남진우 · 이희중, 「올해의 시를 말한다」, 『현대시』, 1997. 12; 김정란 · 박주택 · 박철화, 「1990년대 한국시와 미래적 조망」, 『현대시』, 1999. 11; 남진우, 「메두사의 시―김언희의 시 세계」, 『문학동네』 25, 2000년 겨울.

니즘의 강렬한 사례로,[10] 또 일부 페미니스트들에게는 여성을 성기로 축소하고 여성신체에 대한 남성의 폭력을 대리수행하는 안티페미니즘의 산물로 독해됐다. 많은 미디어들은 이런 얄궂은 상황에 대한 시인의 견해를 거듭 추궁했지만, 김언희는 자신의 시가 "모든 이즘/이념과 모든 맥락/체계 밖에 있기를 원"[11]한다고 밝힌 채 "나는 참아주었네, [중략―인용자] 페미니즘을 참아주고, 휴머니즘을 참아주고, 불가분의 관계를 참아주었네."[12]라는 구절을 통해 페미니즘과의 관계를 일축했다.

이에 대해 박수연은 김언희가 "여성 정체성 및 자의식에 관한 진지한 탐구", "스스로 자유로운 주체로서의 자기규정의 주도권을 필수적으로 탈환해야 한다"(107)는 당대 페미니즘의 교의를 철저히 거부함으로써 "여성시인이라는 동성

---

10 남성 평론가들의 이 같은 경향은 최신 이론을 통해 여성시를 담론화함으로써 남성 중심의 비평적 헤게모니를 확보하려는 전략으로 평가되기도 한다. 정한글, 「김언희 초기 시의 신체성 담론 연구」, 성균관대학교 석사논문, 2024, 103쪽.

11 김언희 · 김남호, 앞의 글, 114쪽.

12 김언희, 「나는 참아주었네」, 『요즘 우울하십니까?』, 문학동네, 2011, 25쪽. 이 시는 김언희가 공식적으로 발표한 글들 중 '페미니즘'이라는 단어를 언급한 거의 유일한 경우다. 한편 이 책에 수록된 양효실과의 대담에서 김언희는 "옛날에 페미니즘 처음 들어왔을 때 엄청나게 두드려 맞았죠."(253쪽)라며 또 한 번 예외적으로 '페미니즘'이라는 단어를 발음한다.

사회 바깥으로 내쫓긴 이방인"(106)이라고 판단한다. 이는 달리 말하면, "진정성 및 순수성의 기획"(109)으로서 작동한 '기존 페미니즘 비평이 김언희를 감당하지 못한 것'(291)이고 말이다. 그런 의미에서 김언희 시가 "분명히 생물학적 암컷으로서의 여성에게 할당된 상징계 내 자리"(255)를 인지하고 있으면서도, "여성성이나 모성애 같은 여성적 규범을 대안으로 사용하길 거부한다"[13]는 양효실의 판단 또한 적실하다.

그리하여 박수연의 글은 "'여성시'라는, 시인 여성들의 특정한 일련의 실천방향을 일관적으로 거슬러온' 김언희 시가 궁극적으로 제시하는 풍경이 "친숙한 것인지 낯선 것인지 확신하지 못한다"(118)는 정직한 결론에 다다른다. 그는 김언희 시의 초과와 과잉, 비천한 것과 혐오스러운 것, 이질적인 것에 단번에 몰입하지는 못하지만, '여성으로서 시를 쓰는 것'을 곧 '뒷다리로 걷는 개가 되는 것'이라고 여길 때의 "묘한 자유로움"(121)을 짐작해본다. 이처럼 김언희 시를 황홀한 동일시 속에서가 아니라 "곤경"(122) 속에서 읽는 이 스탠스야말로 내게는 '배반의 철학'에 충실한, 가장 미더운 것이었음을 적어둔다.

---

13 양효실, 「김언희의 '딸'―폭력은 나의 것」, 『불구의 삶, 사랑의 말―어른이 되고 싶지 않은 이들을 위하여』, 현실문화, 2017, 127쪽.

*

　이제 두 번째 질문, '김언희 시에 대한 1990년대식 독해
가 어떤 방식으로 일신되고 있는가'라는 질문에 답할 차례
다. 앞서 언급했듯, '외설, 관능, 혐오, 엽기, 그로테스크' 등
의 술어를 촉발할 만큼 김언희 시를 압도적으로 지배한 것
은 '비체적인 것'들의 이미지다. 그런데 이는 김언희 시만의
독특한 정동이라기보다는, 당시 널리 회자된 "푸줏간에 걸린
고기"[14]라는 표현에서 보듯, 주체의 신화가 붕괴된 곳에 들
어선 당대의 강력한 미적 철학이었다. 동물화 · 비체화 · 탈인
간화 · 탈중심화 · 탈신체화의 상상력은 그 자체로 이질적인
것이었다기보다는 1990년대 이후 리얼리즘 문학전통을 상
대화하려는 많은 실험적 문학들이 공유해온 상상력이었다
는 말이다. 특히 1990년대~2000년대 여성시는 여성의 몸을
새롭게 발견함으로써 '비체적인 것'의 정치적 역능을 탐색하
는 미적 실험이 가장 활발하게 이뤄진 장소였다. 예컨대 김
혜순은 그간 남성들이 '날것'으로 간주한 '더럽고 냄새나는
몸, 시체, 유령'에 대한 천착이야말로 여성시가 시도한 "남성
들이 발명한 언어, 그 언어로 점철된 시사詩史, 레토릭과 기호

14　신수정, 『푸줏간에 걸린 고기』, 문학동네, 2003.

들"[15]로부터 벗어나기 위한 전략이었다고 서술한다.

그런데 1990~2000년대 여성시의 이 같은 전략은 2010년대 중반 '페미니즘 리부트'[16]를 계기로 재소환된다. 이미 여러 연구에서 상세히 지적된바, '페미니즘 리부트'는 여성 고등교육률이 76%에 육박하는 시대에 자신의 경험을 재현하고 해석할 수 있는 언어를 소유함으로써 정치적으로 각성한 '배운 여성'들의 반란이었다.[17] 다만 공교롭게도, 이처럼 앎과 각성을 통한 주체화의 열망이 폭발하던 시점에 여성을 비체화하는 상상력 또한 제출된다. 일례로, 이현재는 "흐르며 경계를 넘나드는 위험하고 오염된 것이자 기존의 언어와 질서로는 파악할 수 없는 존재"를 '비체'로 정의한다. 이어 그는 각기 다른 분파를 이루던 다양한 페미니스트 주체들을 '비체'로 호명하며 비체들의 "소란스러운 연대"[18]를 주문한다.

하지만 '비체' 개념의 이 같은 운용은 무척 당혹스러울

---

15 김혜순, 「여성, 시하다」, 『여성, 시하다』, 문학과지성사, 2017, 126쪽. '여성의 몸과 비체적인 것'에 대한 시론으로는 김혜순, 「여성의 몸―흐르는, 더러운, 점액질의」, 『여성이 글을 쓴다는 것은―연인, 환자, 시인, 그리고 너』(2002), 문학동네, 2022.

16 손희정, 『페미니즘 리부트―혐오의 시대를 뚫고 나온 목소리들』, 나무연필, 2017.

17 류진희, 「그들이 유일하게 이해는 말, 메갈리아 미러링」, 정희진 엮음, 『양성평등에 반대한다』, 교양인, 2016.

18 이현재, 『여성혐오, 그 후―우리가 만난 비체들』, 들녘, 2016.

수밖에 없다. 이현재가 2016년에 작성해 SNS에 게시한 「페미니스트 비체 선언」은 "비체야, 언니가 웬만해서는 선언 같은 거 안 한다."라고 시작한다.[19] 이 글에 따르자면, '비체'는 끊임없이 흐르고 휘발되고 번지는 피·오줌·체액이라기보다는, '언니'라고 지칭되는, 즉 존재의 연속성을 보증하는 계보를 소유한 무엇이다. 이때 '비체'라는 이름의 '그것'은 편지도 수신할 수 있고, ('나는 말한다'라는 강력한 주체화의 수행인) '선언'도 할 수 있고, 다른 비체와 '연대'할 수도 있는 개별적인 인격, 즉 '주체'로서 호명된다. 비체를 주체화하는 이 부조리한 전치를 어떻게 받아들여야 할까.[20] 주체로부터의 탈락을 지시하는 '타자성'이 '비체적인 것'의 핵심일진대 도대체 어떻게 "비체야!"라는 돈호법이 성립할 수 있는지 이해하기 어렵다. '비체'에 대한 이 같은 용법은 근대적 주체의 신화를 경계하고, '더럽고, 비천하고, 혐오스러운 것'에 부여된 파괴력을 페미니즘의 상징적 자원으로 삼고자 한 전략이었

---

19 2016년 11월 24일, 여성문화이론연구소는 이현재의 이 글을 원용한 시국선언문 「박근혜 퇴진을 넘어, 다른 세상을 향한 페미니스트 비체 시국 선언」을 SNS에 게시한다. 이 글은 『여/성이론』 35호(도서출판 여이연, 2016. 11)에 수록된다.

20 이현재의 용법에서 '비체'가 '주체'의 다른 이름이라는 것은 한상원의 글 「비체의 소란스러운 연대를 꿈꾸며—이현재, 『여성혐오, 그 후—우리가 만난 비체들』(들녘, 2016)」(『여/성이론』 36, 도서출판 여이연, 2017. 5)에서도 지적된다.

으리라 짐작되지만, '비체적인 것'의 정치적 역능을 낭만화함으로써 자가당착에 빠진 사례가 아닐 수 없다.

그렇다면 2020년대에 퀴어예술장에서 김언희가 재조명되는 것은 '페미니즘 리부트' 이후 '비체적인 것'에 대한 부주의한 열광으로부터 촉발된 레트로 열풍의 일단일까. 이 문제를 사유하기 위해서는 먼저 김언희 시가 '여성'을 '구멍'과 그 구멍에서 나오는 체액 및 체취 등의 '비천한 것'으로 축소시켰다는 혐의에 대한 김언희의 생각을 들어봐야 한다. 요컨대 김언희는 "인간은 구강, 항문, 성기로 된 존재"라고 단언한다. "그것들을 존재의 비천한 영역이라고 생각하지 않아요. 존재의 물적 토대라고 생각하지요."[21]라는 김언희의 발언은 김언희 시가 '비체적인 것', '비천한 것'에 주목하고 있다는 구래의 접근을 재고하게 만든다.

그런 맥락에서 김언희 시의 '쾌'에 주목한 진송의 글을 참조할 만하다. 그는 그간 김언희 시가 '비천한 것, 취약한 것, 외설적인 것'에 대한 전복적 상상을 통해 '약자, 소수자, 피억압자'로 분류되는 '여성적인 것'의 위상을 재배치했다는 기존 연구사에 이견을 제기한다. 진송은 김언희의 시 「못에게」, 「공」, 「가족극장, 껌」, 「쥬시 후레쉬」, 「캐논 인페르노」에 대한 독해를 통해 질, 유방, 음부, 자궁, 보지, 체액 등을 탄력

---

21 김언희 · 김남호, 앞의 글, 114쪽.

적이고 압도적이고 성적 권능을 지닌, 파괴적인 여성적 힘으로 해석한다. 남성의 성적 열등함을 조롱하고, 페니스를 절단하고, 남성적 자의식을 얼어붙게 만드는 김언희 시의 오만한 여성적 힘은 곧 자신의 시에 대한 자의식의 핵심이기도 하다. 김언희의 시적 화자는 자신의 시를 자신이 눈 똥, 길바닥에서 쏟아붓듯 낳아버린 지상아紙狀兒로 여기는데, 진송은 이런 장면들을 시에 대한 김언희의 '신경질적일 정도로 완벽주의적인 태도'(25)로 읽어낸다. 김언희 시에서 종종 '눈'이 '항문'과 등치된다는 점도 그런 맥락에서 독해할 수 있다. 김언희에게 '보는 것'은 곧 '누는 것'이다. 김언희 시에서 모든 순간에 눈을 뜨고 지켜본다는 것은 곧 죽음 이후에도 남아있는 시에 대한 열망에 다름 아니다. 진송은 김언희에게 항문과 등치되는 '눈'이라는 구멍은 비천한 것이 아닌, "소중한 시의 원천"임을 읽어낸다.[22]

*

　내게 이 책은 '퀴어-여성-예술가의 계보와 역사', 그것의 곤경과 불가능성에 대한 사유를 유도하는 임상 보고서

22　김언희 시에 대한 이 독해는 진송의 학위논문에서 더욱 본격적으로 수행된다. 권진송, 「김언희의 시에 나타난 쾌의 역량 연구」, 연세대학교 석사논문, 2024.

같다. 김언희와 김언희 시를 먹어 치운 필자들. 그렇다면 이들은 김언희가 모친살해를 수행하듯 김언희를 죽인 것일까. 이 책은 엄마를 죽인 여성이 자신의 딸들에게 먹히는 장면, 이를 통해 성립하는 '퀴어-여성-예술가의 계보'를 보여주려 한 걸까. 그런데 '퀴어-여성-예술가의 계보'도 정말 그렇게 부친살해를 통해 형성되는 아들들의 연대를 모방하고 패러디하는 방식으로 성립하는 걸까. 어쩌면 우리가 배워야 하는 것은 김언희를 배반하는 방식으로 김언희를 사랑하는 법일지도 모른다.

오혜진
문학평론가. 서사·표상·담론의 성정치를 분석하고 역사화하는 일에 관심 있다. 평론집 『지극히 문학적인 취향』을 썼다.

커먼즈의 존재론과 공통장의 정치학

『**커먼즈란 무엇인가**』, 한디디 지음, 빨간소금, 2024
『**예술과 공통장**』, 권범철 지음, 갈무리, 2024

이승준

깊은 우울감이 우리 시대를 사로잡고 있는 듯하다. 몸과 마음이 모두 지쳐 있지만 내일은 더 좋아지리라는 희망조차 가질 수 없는 상황이 지속되기 때문이다. 우리를 둘러싼 모든 조건이 위기에 처해 있음을 자연·사회·마음으로 이루어진 세 개의 생태계가 입증해주고 있다. '올해가 가장 시원한 여름이 될 것이다'라는 기상학자들의 경고는 우리의 남은 생애 동안 기후와 생태환경이 계속해서 악화될 것임을 말해준다. 또한 극소수를 제외한 대부분은 사회생태 안에서 늘 생계 위기에 시달린다. 거주지와 관련해 지출되어야 할 돈은 점점 더 늘어나고 있고, 높아지는 물가에 비해 수입은 점점 더 줄어들고 있으며, 심지어 수입조차 불안정한 경우가 대부분이다. 나아가 기존의 마음생태를 구성하던 가족이나 친연 관계들은 서서히 해체되어 가고 있고 적자생존의 경쟁체제

속에서 개인들은 깊은 박탈감과 고립감에 시달리고 있다.

오늘날 삶은 왜 이렇게 총체적으로 불안정한가? 우리는 어떻게 지금의 고통스런 삶을 중단시키고 즐겁고 행복한 삶으로 나아갈 수 있는가? 한디디의 『커먼즈란 무엇인가』(빨간소금, 2024)는 바로 이 두 가지 물음을 출발점으로 삼는다. "너무나 불안한 삶 속에서 우리는 현재를 음미할 여유, 삶의 활력, 함께 사는 능력, 삶을 스스로 통치하는 자율성, 새로운 삶을 구성할 상상력을 잃어갑니다." "우리가 생산한 커먼즈를 삶으로 되돌리는 것은 삶을 풍요롭게 재구축하기 위해 너무나 중요한 문제입니다."(21-22쪽) 커먼즈란 무엇이기에 이처럼 우리가 현재 겪고 있는 삶의 상실 및 고통을 설명해주고, 또 그것은 어떻게 우리의 삶을 풍요롭게 만들어낼 수 있다는 것인가?

커먼즈(commons)의 가장 일반적인 한글 번역어는 '공유지'이다. 잘 알려져 있듯이, 근대 이전 시기 공유지에서 농사를 짓거나 생존에 필요한 재화를 얻었던 이들은 사적 소유체제를 공고화하는 인클로저(울타리 치기)와 함께 공유지에서 쫓겨나고 바로 그렇게 무산자로서 도시로 흘러들어가 '자신의 신체를 팔지 않으면 살 수 없는' 조건에 놓이게 된다. 자본주의는 이렇게 공유지를 사적소유로 전환하면서 진행된 시초축적을 통해 자신의 잉여가치 축적의 핵심인 임금노동자를 공급받았다. 하지만 한디디는 바로 이러한 '커먼즈' 개념에 대한 이해만으로는 부족하며, 또한 그러한 사유 방식에는 근대적 인식론의 흔적이 너무 강하게 남아 있다는 문제를 제기한다. 그가 보기에 커먼즈를 '공유지'로만 보는 것은 '이익을 추구하는 합리적 존재인 인간'이 "자연을 채취 · 개발 · 이용 · 관리"(43쪽)한다고 보는 근대의 이원론적 사고방식에서 비롯된 것이다. 따라서 '커먼즈=공유지'의 관점에서 자연은 인간 주체에 의해 관리되고 이용되는 객체로서의 자원으로 전락할 수밖에 없으며, 따라서 오늘날 제기되는 여러 위기, 그중에서도 특히 기후와 생명(멸종)의 위기를 돌파할 생태적 전략을 수립할 수 없다. 그렇다면 우리는 오늘날 커먼즈를 무엇으로 바라보고 또 어떤 형태로 이해해야 하는가?

한디디가 보기에 커먼즈는 그 근본에서부터 미리 주어진 어떤 객체로서가 아니라 "'신체적, 생태적, 정동적' 차원에서 분리되지 않는 여러 존재의 연결"(45쪽)이자, 개체 바깥의 타자와 "관계적 세계"(46쪽)를 구성하는 과정이자 활동으로 이해되어야 한다. 즉 생명체들은 외부의 생명체들 및 비생명체들과 일정한 신진대사 활동을 이뤄냄으로써 자신을 둘러싼 거대한 환경을 만들어내고 스스로를 재생산한다. 관계를 구성하는 생명체의 활동은 "서로 겹치고 교란되고 오염되는 패치들, 복수의 세계"(48쪽)를 구성하는데, 바로 이렇게 구성되는 바로 그 세계 자체가 커먼즈라는 것이다. 한디디는 이렇게 '커먼즈=커머너들의 세계짓기=전체 세계'로 귀결되는 내재주의적이며 유물론적인 존재론을 통해 앞서 제기했던 문제들에 응답한다.

커먼즈가 개체가 자기 바깥의 타자와 만들어가는 생명활동인 한에서 커먼즈를 구성하는 커머너(commoner)들은 인간으로 환원될 수 없는 세계의 거주자 전체 즉 인간을 포함한 동물·식물·광물·공기·바다가 되며, 따라서 커먼즈 바깥은 존재할 수 없다. 커머너들은 자신들의 생명활동(세계짓기의 활동)을 통해 커먼즈(세계)를 생산하고 다시 그 조건 위에서 커먼즈를 재생산한다. 자본주의는 바로 이 거듭 재생산되는 커먼즈 위에 구축된 단절과 파괴의 체제이다. 가부장제적 자본주의는 인간의 커먼즈를 성별분업의 논리로 찢어놓고 한쪽(여성)의 노동활동은 무상으로 취하고 다른 쪽(남성)의 노동활동은 임노동 착취를 통해 이윤 축적과 성별 위계체제를 구축한다. 산업주의적 자본주의는 생명들의 커먼즈를 객체와 주체로 분리시켜 한쪽(자연)의 활동을 무상으로 취하고 다른 쪽(인간)의 활동을 파괴적 대리자로 이용하거나 그 중 일부를 '상품 소유자'로 삼아 현재의 '사적 소유체제'를 지속시키면서 삶을 소외시킨다. 이러한 자본체제는 커먼즈들을 분리시키면서 그 각각의 생명이나 활동을 화폐가치로 환원해 측정한다. 따라서 자본주의 속에서는 화폐(및 재산·권리·땅)의 독점적 소유자들을 제외한 그 무엇도 행복을 영위할 수 없다. 사람들은 "거대한 생명의 그물로부터 뽑혀 나와 그물을 만드는 존재, 즉 자연 밖의 주체"가 되며, "자연은 인간과 사회로부터 분리된 원료, 대상, 혹은 객체"로 전락하며, 노동은 인간과 삶의 재생산이 아닌 "상품 생산과 이를 통한 이윤 증식"(130쪽)으로 귀결된다. 화폐가 "우리의 삶과 욕망을 구조화"함으로써 각자는 "만인에 대한 만인의 투쟁" "각자도생"에 시달리며, 따라서 삶은 "불안정성을 더욱 확대시키는 악무한"(133쪽)에 빠져든다. 커먼즈를 구성하면서 삶을 영위하는 존재들이 자본주의 체제 안에서 끊임없이 커먼즈와 분리됨으로써 세계 전체는 죽음, 불행, 소외의 목소리로 가득 채워지게 된다.

그렇다면 우리는 어떻게 행복한 삶을 살 수 있는가? 어떻게 우리는 자본주의 체제를 넘어서는 새로운 삶의 전략을 짜낼 수 있는가? 커먼즈를 세계 내 거주자들의 내재적 활동으로 보는 한 그 대안은 쉽게 도출된다. 'n-1' 즉 커먼즈에 부과된 초월적이고 위계적인 체제(자본주의, 가부장주의, 근대적 국가체제, 소유적 개체주의 등)를 삭제하는 뺄셈의 운동으로서의 커먼즈 운동이 필요하다, 물론 다양한 형태의 지배적 권력체제가 자동적으로 삭제되는 것은 아니며, 커머너들의 커머닝(commoning[공통화하기]) 활동이 반드시 동반되어야 한다. "생활의 필요를 충족하기 위해 필요한 관계와 물질적 인프라를 만들고 집합적 노동과 나눔을 자율적으로 통치하고자 할 때"(138쪽) 커머닝이 일어난다. 커먼즈 운동은 "전 지구적으로, 그리고 폭발적으로 구성되고 있는 공통의 사회적 부를 이미 그것의 일부인 커머너들이 함께 생산하고 조직하고 나눌 수 있는 새로운 방식으로 창안하는 것"(139쪽)이다. 너무 추상적인 것은 아닐까? 그렇지 않다. 한디디가 보기에 커먼즈 운동에는 많은 사례가 있기 때문이다. 도시 빈민들의 마을 공동체 운동('난곡희망의료협동조합')(7장), 함께 살림하기를 실천하는 새로운 가족형태로서의 '빈집'(8장), 도시를 커머닝하는 '경의선공유지' 운동(9장), 금융의 커머닝을 실험하는 청년 공공기탁활동으로서의 '빈고'(10장) 등이 그것이다.

하지만 이것으로 충분한가? 내 생각에 이것은 세 가지 의미에서 충분하지 않다. 첫째, 한디디가 제안한 커먼한 삶의 사례들은 너무 국지적이고 한시적이기에, 오늘날 지구 전체를 통제하는 자본주의의 강력함을 넘어서기에는 한없이 부족해 보인다. 둘째, 한디디가 제시하는 커먼즈는 너무 평화롭고 고요하다. 현실의 커먼즈는 그보다는 훨씬 더 치열한데, 오늘날 생산자들은 커먼즈 안에서 커먼즈를 재생산하지만 자본 역시 커먼즈에 의존해서만 이윤을 증식하기에 두 화해할 수 없는 힘이 커먼즈를 둘러싸고 생사를 건 투쟁을 펼치기 때문이다. 셋째, 한디디 자신이 커먼즈를 모든 존재의 생명활동으로 규정지었던 것과 달리 그의 구체적 인식은 활동가들이 소규모 공동체를 구성한 사례에 한정되어 있다.

이러한 한계를 벗어날 방법은 없는가? 권범철의 『예술과 공통장』(갈무리, 2024)은 그 좋은 사례가 될 것이다. 그에게 커먼즈(권범철은 이것을 '공통장'으로 옮긴다)는 도시의 구성요소 일반을 아우르기 때문이다. 그런 점에서 차라리 두 책을 커먼즈 기획의 두 갈래로, '공통주의'라는 표제를 가진 하나의 책의 1부와 2부로 보는 것은 어떨까라는 상상을 해보는 것도 가능하리라. 실제로 『커먼즈란 무엇인가』가 커먼즈의 존재론을 추상적으로 잘 규정해내면서도 그 사례 제시는 충분치 못했던 것과 달리, 『예술과 공통장』은 커먼즈의 정치학을 구체적인 현실 안에서 세밀하게 전개시키기 때문이다.

내 생각에 커먼즈의 본질적 측면을 규정하려는 한디디의 기획은 커먼즈가 어떻게 "대안적 가능성과 전유의 위험"(『예술과 공통장』, 16쪽) 속에 놓여 있는지를 묻는 권범철의 현실주의적 기획으로 보완될 수 있다. 권범철에 따르면 도시의 예술가들이 만들어내는 현실의 커먼즈(=공통장)는 정부와 자본에 의해 늘 끊임없이 전유되고 있으며, 따라서 이러한 포섭과 흡수의 전략에 맞서서 커먼즈를 방어하는 저항의 기획이 커머너들에게 절실히 요구된다. 현실의 커먼즈는 바로 이 두 차원(권력의 포섭과 생산자들의 저항)을 내포하며, 권범철은 이것을 각각 '전략 공통장'(4장)과 '전술 공통장'(3장)으로 분류하여 글을 작성하고자 했다. 시초축적 이래로 자본은 늘 공통장을 공략했으며 그것은 오늘날 도시의 특정 부분을 숙주로 삼아 '지대(rent)'로 이윤을 증식하는 형태가 되었다. '젠트리피케이션'은 이러한 '도시 공통장의 지대를 통한 전유'를 부르는 또 다른 이름일 것이다. 그런 점에서 권범철에게 "공통장"은 한디디가 생각했던 것처럼 "공유와 협력이 조화롭게 일어나는 무대"로 머물지 않으며, 늘 "갈등과 투쟁"(31쪽)의 '전쟁터'로, 즉 두 힘의 적대가 벌어지는 역동적 무대로 파악된다.

권범철은 그러한 적대가 첨예하게 나타난 한 사례로 '스쾃'에 주목한다. '스쾃'은 예술가들이 도시 내의 허름한 공공지나 소유가 불분명한 낡은 빈집을 점거하고 자신의 창작물을 전시하거나 공간 자체를 예술작품으로 변형시키는 활동을 지시한다. 그렇게 점유된 공간은 대중들에게 무료로 혹은 저렴하게 개방되며, 이러한 공간 개방은 예술가들 간의 만남을 주선하거나 예술가들의 집단적 창작활동을 촉진하는 계기가 된다. 예술가들은 그렇게 빈 공간을 자신들의 작품을 생산하는 예술공장으로 탈바꿈한다. "사회 주변부에서 활동하는 괴짜들, 이단자들, 예술가들은 이렇게 사회적 공장의 노동자로 부상한다."(127쪽) 정부나 공공기관은 처음에는 이러한 활동을 불법으로 규정하고 강력하게 탄압(구속, 벌금, 이데올로기적 비난)하기도 하지만 문제는 그런 예술가들의 활동이 활력을 잃은 공간이나 지역을 미적 공간으로, 관심이 집중되는 '핫플'로 만든다는 데 있다. 지역을 재생시키고 죽은 거리를 재활성화하는 이러한 활동은 국가기관이나 자본에게는 도시 전체를 '품격 있는 이미지가 부과된 경쟁력을 갖춘 공간', '개성이 넘치고 볼 것이 가득한 소비 공간', '스펙터클한 창조 공간'으로 탈바꿈시킬 결정적 계기를 제공한다. 서울이라는 거대도시를 전 세계 모두가 열망하는 '예술'·'문화'·'혁신'·'관광'의 도시로 만드는 것, 바로 이것이 서울시의 "창의문화도시 마스터플랜"이다. 이제 예술가들과 그들의 창작물들은 탄압과 공격의 대상이 아니라 공공기관과 자본이 협조해 적극적으로 후원해야(단 선별적으로!) 할 포섭과 수용의 대상이 된다. "스쾃은 자본주의 사회에서 부로 나타나는 상품을 공통재로 전환하는 활동이다. 그러므로 그것은 탈자본주의 사회를 향한 움직임이기도 하다. 하지만 경쟁력을 추구하는 도시는 그러한 삶 활동을 스펙터클로 전유한다. 이것은 마치 출구가 가로막힌, 상품에서 공통재로 다시 스펙터클로 통합되는 현대 도시의 변증법처럼 보인다."(105-106쪽)

　도시 공통장은 그렇게 예술가들과 권력자들 모두의 공통 관심사가 되었다. 한쪽은 "호혜, 연대, 공생공락 등 대안적 삶"을 위해서, 반대쪽에서는 "경쟁력, 축적"을 위해서 공통장이 필요하고 또 거듭해서 재생산되어야 한다. 한편에는 "공통인들의 네트워크를 통한 집합적 생산"을 이뤄내는 '숙주'가 자리하고, 반대편에는 "사회적 생산을 관리, 흡수, 모의"하는 '기생체'가 도사리고 있다.(165쪽) 권범철은 이것이 예술생산자들의 "전술 공통장"과 자본과 국가의 "전략 공통장"의 차이라고 말한다. "전술 공통장은 아래로부터 공통의 부를 생산하는 자율적인 집단의 행동 양식"(162쪽)이며, "전략 공통장은 사회적으로 생산된 부를 흡수하거나 모의하는 행동 체계"(163쪽)이다. 하지만 이것은 평행하거나 서로 마주보는 동등한 두 개의 질서일 수는 없다. 한쪽은 새로운 시간과 공간을 만들어내지만, 다른 쪽은 그렇게 만들어지는 시간과 공간이 존재하도록 일정한 자금력을 동원할 뿐 스스로는 어떠한 생산도 이뤄내지 않기 때문이다. '스캇'이 있었기에 '창의도시'가 가능했다. 이탈리아의 '오페라이스모(노동자주의)' 전통에서 나온 '저항의 우선성 테제'[1960년대 케인즈주의의 기조하에서 이탈리아의 자본과 국가가 펼친 내핍정책은 이후 1960-1970년대 동안 노동자들의 파업투쟁으로 이어지고 다시 이에 대한 대응전략으로 자본과 국가는 신자유주의라는 재구조화 전략으로 나아가게 되었음을 이론적으로 해명한 것이다. 이는 저항이 없었다면 자본과 국가는 기존의 권력 형태를 변경하지 않았을 것이라는 점에 초점을 둔다]는 이렇게 오늘날의 '공통장'의 기획과 접목되었다.

저항(스캇)은 공통장을 오염시키는 자본(사적소유)과 국가(공적소유)의 소유지 안에서 일어나지만 저항을 통해 생산자들은 죽은 공간을 다시 소생시키고 재구성함으로써 공통장을 생산한다. 저항의 전술로서 새롭게 형성된 공통장은 그것을 다시 이윤 형태로 전환시키고자 하는 권력의 전략적 거점지가 되는 것이다. 도시의 모든 곳, 아니 자본과 국가가 지배하는 전 지구의 모든 공간은 공통화와 소유화의 두 운동이 뒤얽혀 전개되며, 따라서 좋은 삶을 살고자 하는 모든 존재들은 이러한 고통스러우면서 자유로운 몸짓을 매번 새롭게 다시 펼쳐내야 하는 과제를 안게 된다. 권범철이 보기에, "새로운 삶과 불안정한 삶은 한 몸이었다. 이것은 도시 공통장이 틈새에 출몰하는 전술로만 남을 때 불가피하게 맞닥뜨리게 되는 취약함을 시사한다."(372-373쪽) 따라서 어떤 존재, 배치, 삶, 생태를 만들어내느냐는 오로지 "자본과 공통장의 끝없는 교전"(374쪽)의 한가운데에서 삶을 욕망하는 공통의 몸체들이 어떤 저항을 전개하느냐에 달려 있을 뿐이다. 공통장에 기생해 그것을 부패시키는 자본에 맞서, 새로운 시공간을 구축하고 새로운 공통을 창조해내는 것 외에 다른 길은 없다. 공통장은 적대적 장이기에 저항없이는 어떠한 해방도, 자유도, 생명도 저절로 주어지지 않기 때문이다.

두 저작 모두에게서 확인되는 어떤 공백을 언급하는 것으로 마무리해보자. 한디디가 보기에 개체는 그 발생에서부터 타자와 함께 커먼즈를 생산하는 것이라면, 그 타자의 범위는 훨씬 더 넓어야 하지 않을까? 도시와 예술가라는 특정한 존재양식만으로 '전술의 공통장'은 충분히 표현되는 것일까? 내 생각에 둘 모두 '공통적인 것'은 여전히 너무 인간중심적이거나 현실주의적 관점에 머물러 있다. 가령 제주 해군기지 건설에 맞서는 강정마을의 저항을 생각해보자. '구럼비 바위', '누이에 대한 추억', '마을의 식수 용천샘', '개발의 대상인 바다', '마을사람들', '아무 이익도 바라지 않은 연대자들', '지지를 표현하는 인터넷 접속자들', '강정을 표현한 예술 생산물들' 등 강정의 투쟁은 여러 인간적·비인간적·가상적 공통체의 공통화의 산물이다. 즉 강정의 투쟁은 바위·바다·샘·기억·마을·투쟁·인터넷 등 생물·광물·인간·기계·예술·도시와 그 연결망 일체로 구성되어 있다. 강정투쟁은 비인간존재들 없이는 구성될 수 없었으며 또한 상상의 활동이나 가상공간이 없었다면 국지적인 물리적 투쟁에 머물렀을 것이다. 강정투쟁은 물리적인 수준에서는 도시가 아니지만 가상적이고 잠재적인 수준에서는 도시 공통장과 공존했다. 바로 이 차원을 빼고 커먼즈=공통장을 말하는 것은 너무 협소하다. 커먼즈의 존재론, 공통장의 정치학과 함께 묶일 또 다른 책이 필요한 것이 아닐까? '공통체의 생태학'은 어떨까?

이승준
현재 '생태적지혜연구소협동조합' 이사장이며, '한국철학사상연구회' 회원이다.
안토니오 네그리와 질 들뢰즈, 펠릭스 가타리의 철학과 사상을 연구하며 그것을
생태주의, 페미니즘, 맑스주의의 이론 및 실천과 융합시키는 데 깊은 관심을 갖고
있다.

〈문학/사상〉 신인비평상 공모

반년간 〈문학/사상〉은 2024년 제1회 〈문학/사상〉 신인비평상을 공모합니다.

〈문학/사상〉은 동시다발적인 위기로 착종된 '지역'을 비판적으로 넘어갈 수 있는 야심찬 비평적 시야가 절실하다고 판단했습니다. 지역의 삶과 문화가 작품으로 예민하게 길어 올려지고 있다면, 비평은 그곳에서 감지되지 않았던 낯선 지도를 그리고 예기치 못했던 방향을 제시하는 날카로운 작업이라고 할 수 있을 것입니다. 문학비평을 통해 새롭고 낯선 지도와 방향을 그려내볼 야심찬 신인을 〈문학/사상〉은 기대합니다.

모집 부문 및 분량　문학비평(1편), 60~70매

모집 마감　2025년 2월 10일(당일자 우표소인 유효)

응모자 및 응모작품의 자격　신인(중복투고 불가, 미발표 신작)

심사 및 시상
- 심사위원은 〈문학/사상〉이 위촉하며 명단은 사후 발표함. 당선작은 2025년 상반기호에 게재함.
- 당선작은 300만 원의 고료(제세공과금 포함)가 지급됨.

보낼 곳　부산시 해운대구 수영강변대로 140, 부산문화콘텐츠콤플렉스 626호

기타
- 겉봉투에 [〈문학/사상〉 신인비평상 응모작품]을 붉은색으로 표기할 것.
- 원고 뒤에 이름, 주소, 전화번호를 반드시 기재할 것.
- 응모작품은 반환하지 않음.

문의 (051) 504-7070

정기구독/후원 안내

정기구독

1년 구독권	3만 원
2년 구독권	5만 원
3년 구독권	7만 원
5년 구독권	10만 원
평생 구독권	50만 원
발송비	산지니 부담(해외구독 별도)

구독 안내

- 『문학/사상』은 연 2회 발간되며, 상·하반기 각각 1회 출간되어 발송됩니다.
- 2년 구독권부터 산지니 도서 1권 증정됩니다.
- 정기구독은 최신호부터 적용됩니다.

정기구독 신청방법

 아래의 링크 또는 QR코드 → 구독 신청서 작성 및 제출 → 구독료 입금 → 신청 완료
구독신청 폼: https://m.site.naver.com/1kQmi

아래 계좌로 입금하신 후 전화나 이메일로 주소, 연락처를 알려주세요.

전화	051-504-7070
이메일	san5047@naver.com
부산은행	154-01-005889-7 (강수걸)

한 분의 독자를 기다립니다

오늘 아니면 담아내지 못할
전라도의 명장면과
전라도의 말씀들을 기록하는 전라도닷컴.

당신이 좋아하는 딱 한 사람에게
전라도닷컴을 권해 주세요. 선물해 주세요.
한 분의 독자들이 모이고 모여
전라도를 지키는 힘이 됩니다.
전라도닷컴엔 너무나 소중한 그 한 사람을 기다립니다.

전라도 사람·자연·문화가 있습니다   월간 **전라도닷컴**

한국전쟁 후 제3국으로 향한 북한군 포로 요한
그의 상처에 전해지는 희망과 치유

스노우 헌터스

폴 윤 장편소설 | **황은덕** 옮김

272쪽
18,000원

요한이 브라질에 정착한 뒤 일본인 노 재단사 밑에서 일하고, 그의 뒤를 잇는 모습이 잔잔하게 그려진다. '디아스포라'를 우리식으로 이야기한 영화 '미나리'가 그랬듯이 이 소설도 세계인들의 공감을 사고 있다. 이념보다 사람이 중요한 법이다. _부산일보

주인공 요한이 브라질의 항구에 도착하는 장면은 자연스럽게 최인훈의 『광장』(1960)을 연상시킨다. 두 작품의 중요한 차이는 『광장』의 이명준이 중립국을 택해 항해하던 중 투신자살로 삶을 마감하지만, 요한은 미지의 땅에 정착해 살며 희망을 찾아간다는 점이다. _연합뉴스

산지니 051-504-7070 www.sanzinibook.com   페이스북 · 트위터 · 인스타그램 @sanzinibook

김서련
장편소설

은양

240쪽 | 18,000원

작은 소도시 은양의
거대한 쓰레기 산

욕망과 비리가 만든 굳건한
성채를 무너뜨릴 수 있을까

현대사회의 복잡한 관계망 속에서 진실은 어떻게 은폐되는가

김서련의 장편『은양』은 성과사회의 욕망으로 인한 무지를 극복하고 진실을 추구하면서 진정한 관계에 도달하려는 인물이 자기를 찾아가는 이야기이다. 신뢰할 수 있는 일인칭 주인공이 쓰레기가 만연한 세계의 문제를 매우 구체적으로 묘파한 새로운 사실주의 소설의 한 양상으로 자리매김할 수 있다.

_구모룡(문학평론가)

김서련

경남 진영에서 태어났다. 부산대 대학원에서 현대소설을 전공했고 1998년 「나비의 향기」로 <월간문학> 신인상을 받으면서 작품 활동을 시작했다. 소설집 『슬픈 바이러스』, 『폭력의 기원』 <녹색전갈>, 2023년에는 한국출판문화산업진흥원 우수출판콘텐츠에 선정되어 『나미브 사막 풍뎅이의 생존법』을 출간했다. 2003년 부산소설문학상, 2006년 김유정문학상, 2012년 요산창작기금을 수상했다.

산지니 www.sanzinibook.com 페이스북·트위터·인스타그램 @sanzinibook

눈과 귀를 통해 들어와 나를 채운 그 세계에 관하여

소녀 취향 성장기

232쪽 | 18,800원

나를 성장시킨
여자들의
이야기

**"소녀 취향은 나를 문학적으로
성장시켰다.
이제는 이것을 받아들이기로 한다."**

원광대학교 문예창작학과 교수로 있는 이주라 문화평론가는 그의 책 〈소녀 취향 성장기〉
에서 이렇게 고백한다. 책에는 주말 아침 TV에서 방영하던 만화영화, 학교에서 선생님 몰
래 읽던 연애 소설, 밤 열 시 가족과 함께 보던 드라마 등 이른바 '소녀 취향' 여성 서사를 통
해 여성으로서 자기 정체성을 형성해 온 과정이 담겼다. _경남도민일보

이주라

문화평론가. 경희대학교 외국어대학 한국어학과에서 박사 후 과정을 마치고, 한림대학교 한림과학
원 HK연구교수를 거쳐, 현재 원광대학교 문예창작학과에서 문화비평을 가르치고 있다.

산지니   www.sanzinibook.com   페이스북·트위터·인스타그램 @sanzinibook

여성과 소수자의 목소리를 기록하는 안미선 작가가 연결과 연대의 말을 건네다

{ 나와 당신을 살게 하는 소리 없는 다정함의 기록

다정한 연결 }

256쪽 | 18,000원

삶의 온기를 기꺼이 나누면서 사랑하며 살자고, 포기하지 않고 계속 시도하는 이들이 있다. 작은 사람들의 일상을 지키고 이웃과 함께하는 이들이 품은 이야기는 웅숭깊다. 세상의 변화는 이렇게 작지만 연결된 것들에서 비롯한다. 자신을 놓지 않고 사랑하는 법에 대해서 생각한다. 이웃을 지켜나가고자 하는 노력이 모여 만든 새로운 지도를 그려본다. _<들어가며> 중에서

안미선 작가가 쓴 <다정한 연결>을 읽으면 머릿속에서 황제펭귄이 허들링을 하는 장면이 떠오른다. 펭귄은 이내 사람으로 바뀌고, 옹기종기 모인 이들은 서로의 안부를 물으며 온기를 나눈다. 이주여성, 장애인, 한부모 가정, 저소득층 노인 등 모습은 다양하지만 우리 사회를 함께 산다는 점에서 모두 같은 사람들이다. _<부산일보>

안미선

우리의 이야기가 보이지 않게 이어져 함께 나아간다는 것을 생각하며 글을 쓴다. 누군가의 걸음에 함께하는 걸음이 되기를 바라며 작은 꿈들이 만날 수 있는 자리를 그린다. 저서로 『당신의 말을 내가 들었다』, 『그때 치마가 빛났다』, 『집이 거울이 될 때』, 『언니, 같이 가자!』, 『여성, 목소리들』, 『모퉁이 책 읽기』, 공저로 『기억의 공간에서 너를 그린다』, 『당신은 나를 이방인이라 부르네』, 『엄마의 탄생』, 『밀양을 살다』, 『백화점에는 사람이 있다』 등이 있다.

산지니 www.sanzinibook.com 페이스북·트위터·인스타그램 @sanzinibook

뒤틀린 한국 의료

의대 정원 너머 '진짜 보건의료 문제' 취재기

김연희 지음 | 272쪽 | 18,000원

구급차 뺑뺑이, 지역의료 붕괴, 소아과 오픈런, 공공병원의 존폐 위기...

무너진 대한민국 의료, 그 원인을 파헤치다

산지니 www.sanzinibook.com 페이스북·트위터·인스타그램 @sanzinibook

추레라 제작 숙련공의 삶에 투영된
타이완 중공업 산업의 변화

아버지의 용접 인생

항만 도시 가오슝
노동자들의 일과 삶

셰쟈신 지음 | 곽규환 한철민 옮김 | 328쪽

- 저자는 아버지가 일하던 곳을 연구하며 그곳 사람들의 삶을 전한다. 추레라 제작 숙련공의 삶과 일을 연구하며 아버지의 일을 대면한다. _경향신문

- 대만 산업의 변천을 그대로 담은 가오슝의 이야기는 산업화 시기의 한국을 떠오르게 한다. _동아일보

- '아버지의 용접 인생'은 관심을 끈다. 한국에서도 많은 이가 부모 세대에게서 '열심히 공부해서 나처럼 살지 말라'는 말을 들으며 자랐기 때문이다. _국제신문

산지니 051-504-7070 www.sanzinibook.com   페이스북 · 트위터 · 인스타그램 @sanzinibook